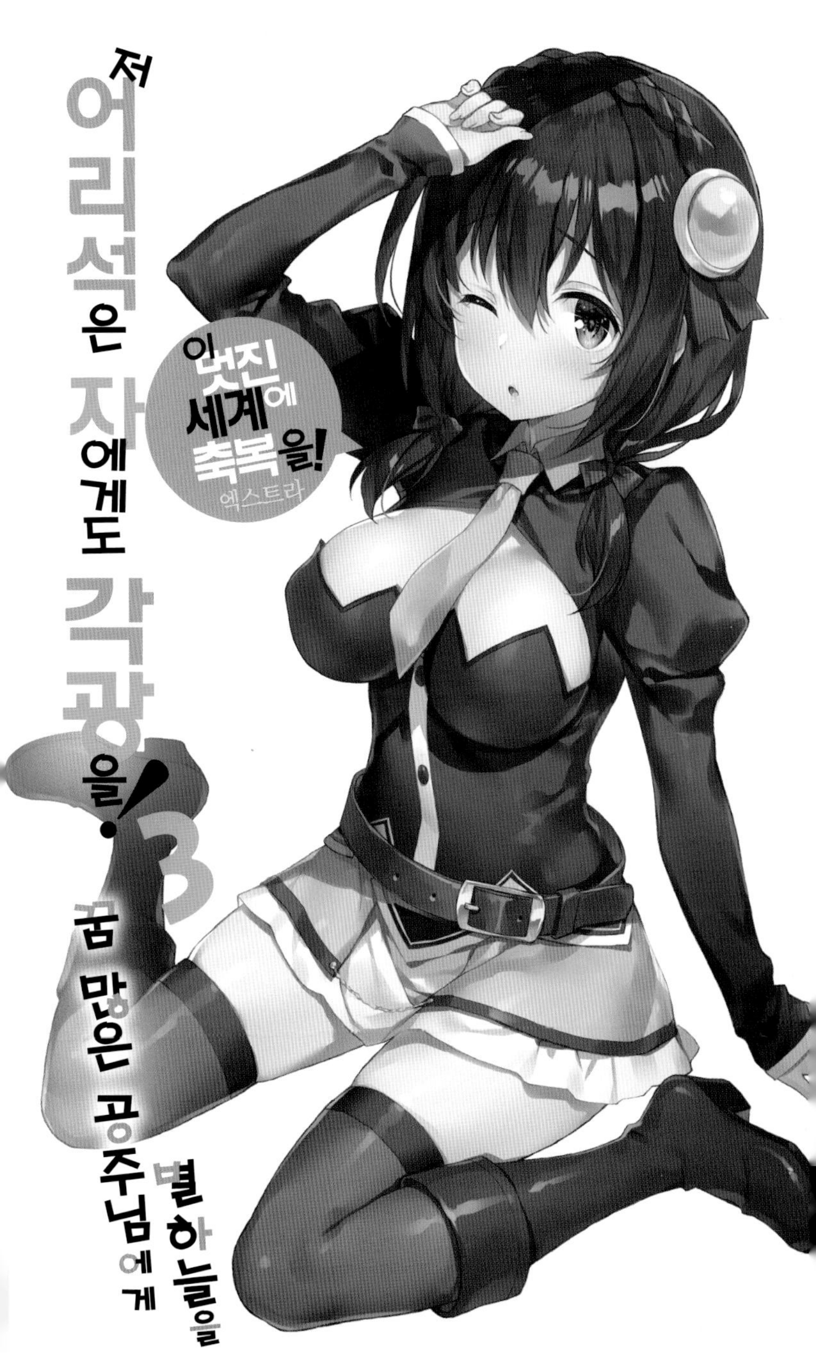
저 어리석은 자에게도 각광을! 3
이 멋진 세계에 축복을! 엑스트라
꿈 많은 공주님에게 별하늘을

CONTENTS

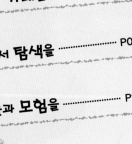

이 멋진 세계에 축복을! 엑스트라

저 어리석은 자에게도 각광을! 3

꿈 많은 공주님에게 별하늘을

히루쿠마 지음

유우키 하구레 일러스트

이승원 옮김

Character

린

직업 위저드
더스트의 파티 멤버. 툭하면 문제를 일으키는 더스트의 보호자 취급을 당하고 있다.

더스트

직업 전사
액셀 마을에서는 꽤 이름이 알려진 모험가 같다. 그에 관한 묘한 소문도 돌지만 진상을 아는 이는 없다.

융융

직업 아크 위저드
마법사로서의 실력은 대단하지만 항상 솔로로 활동한다.

로리 서큐버스

직업 점원
남성 모험가들에게 끝내주는 꿈을 제공하는 서큐버스 가게의 점원. 성격상 남에게 잘 휘둘리는 편이다.

아쿠아
직업
아크 프리스트

메구밍
직업
아크 위저드

다크니스
직업
크루세이더

"저, 저기, 클레어. 간지러워요."

"여자끼리 아닙니까. 부, 부끄러워하지 마시길. 하악하악. 빠, 빨리……."

몸을 배배 꼬며 웃고 있는 소녀에게, 콧김을 뿜으면서 한 여성이 다가갔다.

두 사람 다 금발벽안이기에 한눈에 귀족이라는 것을 알 수 있었다.

최근에 알게 된 이들이지만 솔직히 말해 꽤나 거북한 타입이다.

다크니스는 사람이 그 모양이니 그나마 괜찮지만 귀족이나 왕족과는 가능한 한 얽히고 싶지 않다는 게 내 솔직한 마음이다.

뭐, 지금은 예외지만 말이다.

솔직히 말해 눈앞에 펼쳐지고 있는 광경에서 눈을 뗄 수가 없었다.

젊은 여자가 이렇게 뒤엉켜서 옷을 벗는 모습을 쳐다보지 않는 남자가 이 세상에 존재할 리 없다!

소녀가 입고 있는 옷을 억지로 벗기려 하는 여성— 클레어, 그리고 웃으면서 저항하고 있는 반라 상태의 소녀— 아이리스.

원래 이런 건 내 취향이 아니지만 나쁘지 않은걸. 다음에 로리 서큐버스에게 이런 스타일의 꿈을 보여 달라고 해야겠어.

여자 둘 중 한 명은 범죄자처럼 보이지만 실제로는 여자들끼리 탈의실 안에서 장난을 치고 있을 뿐이다. 그러니 법적으로는 문제가 없다.

……아무것도 모른 채 이 상황만 본다면 바로 경찰을 부르겠지만 말이다.

"혼자 벗을 수 있거든요?! 그러니까 쳐다보지 마세요."

"그, 그런가요. 그럼 저도 벗겠습니다! 그럼 괜찮죠?!"

반라 상태가 되고서야 겨우겨우 풀려난 소녀가 그렇게 말하자, 위험해 보이는 여자가 내 눈앞에서 힘차게 옷을 벗기 시작했다.

클레어는 문제 발언을 일삼는 편이었으나 외모는 확실히 나쁘지 않았다.

그녀가 흰색 정장 상의를 벗자 생각보다 볼륨감이 상당한 가슴이 존재감을 과시하며 모습을 드러냈다.

내가 지그시 감상하고 있는 가운데, 클레어는 바지도 훌렁 벗어던지고 속옷 차림이 되었다.

항상 남성용 정장을 입고 다니던 녀석 답지 않게, 벗겨놓으니 꽤 봐줄만 하잖아.

아이리스는 자신을 뚫어져라 쳐다보는 클레어를 계속 신경 쓰면서 속옷도 벗었다.

흠집 하나 없는 도자기 같은 새하얀 피부가 드러났다. 아직 어린 편이지만 장래가 유망해 보였다.

"자, 이걸로 저희 사이를 갈라놓는 천 쪼가리는 전부 사라졌군요. 그럼 알몸으로 좋은 시간을 함께 보내볼까요!"

"클레어의 눈빛이 너무 무시무시하네요……. 뭐하고 있는 거죠? 옷을 입을 채로는 함께 들어갈 수 없잖아요?"

내가 옷을 벗지 않고 계속 쳐다만 보고 있자 그 소녀는 빨리 옷을 벗으라고 재촉했다.

내가 탈의를 하지 않는 게 신경 쓰이는 게 아니라, 저 여자와 단둘이서 목욕을 하고 싶지 않은 것 같았다.

"알았어……요."

옷을 벗지 않으면 의심을 사겠지. 정중한 말투를 의식하면서 나는 신중하게 발언했다.

익숙하지 않은 옷을 벗으면서도, 내 시선은 알몸으로 뒤엉켜 있는 저 두 사람에게서 단 한순간도 떨어지지 않았다.

1

한가한 데다 돈도 없어서 바닐 나리의 가게에 놀러 갔는데 나리는 아무 말 없이 나를 맞이해줬다.

그 정도로 겁을 먹을 리 없는 내가 창가에 놓인 의자에 앉자, 미인 점주가 차와 과자를 가지고 왔다.

바닐 나리는 이 마도구점의 주인이 아니라 아르바이트 점원이고 이 미인이 점주라고 했다.

그녀는 미인에, 인상도 좋고, 온화한 전직 모험가다. 이 마을에서 폭렬마법을 쓸 수 있는 두 사람 중 멀쩡한 쪽인 마법사— 위즈였다.

"어서 오세요, 더스트 씨."

"응. 폐 좀 끼칠게."

"폐를 끼친다는 걸 자각하고 있다면 빨리 돌아가도록 해라, 이 빚지는 게 삶의 보람인 남자여! 이 몸은 건물주에게 줄 집세를 체납하지 않기 위해 필사적이란 말이다. 돈 낭비 마니아인 점주여. 손님이 아닌 자에게 차와 과자를 내줄 필요는 없다."

바닐 나리는 오늘 기분이 꽤 나쁜 것 같았다.

나리가 한껏 인상을 쓰며 이쪽을 쳐다보고 있는 느낌이 들었다. 가면 때문에 표정을 알 수는 없지만 말이다.

"나리도 참 너무하네. 나도 일단은 손님이라고. 혹시 거금 이라도 주우면 이 가게 상품을 한두 개 정도 사줄 테니까, 기대해. 그리고 이건 전부 내 지갑이 텅텅 비어 있는 탓이라고. 나는 돈을 좋아하는데, 돈은 나를 싫어한다니깐."

"돈 입장에서 본다면, 네놈은 거들떠볼 가치조차 없는 거 겠지."

"바닐 씨, 손님에게 그런 말을 하면 안 돼요. 편하게 있다 가세요."

이 마을에 사는 이들 중 흔치 않게 멀쩡한 편에 속하는 위즈는 미소를 지으며 그렇게 말했다.

역시 미인이네. 성격과 외모가 정말 끝내주는데 아직도 홀몸인 게 예전부터 이상했다.

모험가 중에도 위즈의 팬이 몇 명이나 있을 정도였다.

바닐 나리가 이곳에서 일하게 된 후로 두 사람의 관계를 의심하는 자도 있지만, 두 사람의 평소 행동을 보면…… 그 렇고 그런 사이일 가능성은 없어 보였다.

"나리, 쉽고 편하게 유흥비를 벌 방법 같은 건 없어?"

"은행을 터는 게 좋을 것 같구나. 간단하게 거금을 벌 수 있으니, 한 번 시험해보도록."

"그랬다가 잡혀가면 완전 끝장이라고! 평생 감옥에 갇혀
지내게 될 거야. ……아, 잠깐만 있어봐. 하루 세 끼 및 낮잠
이 보장되니까 나쁘지 않으려나?"

감옥은 돈이 없을 때 이용하는 간이 숙박소 같은 곳이니까.

잘 곳과 식사가 보장되니 나쁘지 않나? 하지만 그렇게 되
면 서큐버스 가게를 이용할 수 없다.

"유감이지만, 그건 안 되겠어."

"진지하게 고민하지 마라. 길드에 가서 의뢰라도 받아 성
실하게 돈을 버는 것이 모험가로서 올바른 행동일 거다."

"크~, 나리는 뭘 모르네. 고생해서 돈 버는 건 아무나 다
할 수 있거든? 나는 머리를 써서 편하게 돈을 벌고 싶다고.
내가 퍼질러 자는 사이에 돈이 알아서 내 수중에 들어오는
게 최고란 말이야."

여자들에게 둘러싸여 술이나 퍼마시다 잠이나 자면서 지
내는 게 베스트다.

그 야망을 달성하기 위해서는 돈이 필요하다. 하지만 고생
은 하고 싶지 않다.

"그럴 방법이 있다면 이미 이 몸이 시도했을 거다. 이 노
처녀 무능 점주가 얼마 전에 아무 짝에도 쓸모없는 마도구
를 사들이는 바람에, 골머리를 썩이며 그걸 변제할 방법을
찾고 있단 말이다……."

"그, 그 상품은 나중에 값이 껑충 뛸 거예요! 파셨던 상인분도 백 년 후에는 가격이 백배로 뛸 거라고 말했다고요!"

울먹거리며 자기가 무고하다고 주장해봤자 아무 소용없거든? 나리가 뚜껑 열릴 만도 하네.

"뭐, 백 년을 기다리는 건 백보 양보해서 넘어가 줄 수도 있다."

"넘어가 주는구나……."

나리는 이마에 손을 대더니 한숨을 내쉬면서 중얼거렸다.

의외네. 그런 걸로는 화를 안 내는구나. 대악마니까 백 년 정도는 긴 시간이 아닐지도 몰라.

"하지만, 그 마도구의 품질보증기간은 몇 년이지?"

"십 년이에요……."

나리가 노려보자 위즈는 위축됐다.

"전에도 비슷한 실수를 범했던 걸 벌써 잊은 거냐? 네 뇌에는 대체 뭐가 들어 있는 거지? 자, 머리를 내밀어봐라! 안에 들어있는 걸 꺼내서 깨끗하게 씻겨주지. 뭐, 텅텅 비어있겠지만 말이다!!"

"그, 그렇지 않아요! 잠깐만요, 방금 노처녀라고 말하지 않았어요?!"

"그 말에 이제 반응하는 건 노화가 왔기 때문 아니냐? 인간은 연애를 하면 뇌가 활성화된다던데, 이렇게 굼뜬 걸 보면……."

"아무리 바닐 씨라도, 그런 소리를 한 마디라도 더 하면 절대 용서하지 않을 거예요!"

위즈가 웬일로 화를 냈다. 나리 때문에 평소에 꽤 울분이 쌓여 있었던 건지, 이번에는 물러설 생각이 없어 보였다.

분위기가 험악해져서 나는 몰래 마도구점을 빠져나가기로 마음먹었다.

"기다려라. 돈 이야기를 하다 생각난 건데, 실은 꽤 짭짤한 건수가 있다."

나리는 아직 언짢아 보이는 위즈를 무시하고 나를 불러 세웠다.

나리는 점주와 다르게 돈을 버는 것에 재능이 있다. 그러니 이야기를 들어보는 것도 괜찮으리라.

"오오, 정말이야? 알려줘. 벌이와 죄질이 어느 정도냐에 따라 상의를 할 필요가 있긴 하지만 말이야. 감옥에 일주일 정도 처박혀 있어야 한다면, 그만큼 내 몫을 늘려달라고."

"역시 관심을 보였군. 범죄 행위는 아니니 안심해라. 문제아들의 보호자 역을 맡고 있는 소년과 신제품에 관해 이야기를 나누다, 좋은 아이디어가 생각났지."

문제아들의 보호자라면 카즈마를 말하는 걸까.

요즘 들어 바닐 나리와 손을 잡고 떼돈을 벌어들이고 있다는 소문은 들었다. 그래서 나리의 이야기에도 꽤 관심이 갔다.

"이 몸은 관심이 없다만, 인간 계집은 살찌는 것을 극도로 두려워한 나머지 빈번하게 다이어트라는 걸 한다고 들었다. 내 말 맞지?"

"예, 그래요. 다들 몸매를 신경 쓰니까요. 여성 중에 미용과 건강에 관심이 없는 사람은 없을 거예요."

바닐 나리가 느닷없이 질문을 던졌고 위즈는 고개를 몇 번이나 끄덕이며 그렇게 대답했다.

그러고 보니 린도 과식을 한 다음 날에는 식사량을 줄였지.

"그렇다면, 먹어도 먹어도 살이 찌지 않는 식품이 있다면 어떻게 할 것이냐?"

"탐나요! 하지만 그런 꿈만 같은 식품이 존재할 리가 없잖아요."

"후하하하하! 그게 존재한다면 어쩔 거지?!"

"어, 그런 게 진짜로 존재한다면 날개 돋친 듯 팔릴 거예요!"

위즈는 흥분한 표정으로 그렇게 말했다.

저 반응을 보아하니 그런 게 진짜로 존재한다면 여자들이 앞다퉈 구입할 것 같았다.

"뭐, 나리를 의심하는 건 아니지만 진짜로 그런 게 존재하는 거야? 사람은 먹는 만큼 살이 찌잖아? 알다프의 뒤룩뒤룩한 뱃살처럼 말이야."

엑셀 마을의 영주였던 알다프라는 귀족을 떠올리고 나는 기분이 상했다.

원래부터 마음에 들지 않는 녀석이었지만 다크니스를 자기 아내로 삼기 위해 흉계까지 꾸민 쓰레기였다.

그리고 지금까지 범한 악행이 들통나서 전 재산을 몰수당한 후 행방불명이 됐다고 한다. 대체 어디서 뭘 하고 있으려나…….

"하지만 실제로 존재한다. 먹어도 살이 찌지 않는 식재료란 바로 안락 소녀지."

"안락 소녀? 바로 그 안락 소녀 말이야? 나리, 그건 너무 악랄하잖아……."

"바닐 씨, 저도 그건 좀 아니라고 생각해요……."

나리의 발언을 듣고, 질려버린 나와 위즈는 뒷걸음질을 쳤다.

안락 소녀란 연약한 소녀 모습을 한 식물형 몬스터였다.

보호 욕구를 자극하는 겉모습과 행동으로 여행자와 모험가의 동정을 사서 유혹하는, 악질적인 녀석들이다. 한 번 매료되면 쇠약해져서 죽을 때까지 계속 사로잡혀 있는 것이다. 죽은 인간은 안락 소녀의 영양분이 된다.

이렇게만 들으면 극악한 몬스터 같지만 고통 없이 죽을 수 있기 때문에, 스스로 안락 소녀를 만나러 가서 평온한 죽음을 맞이하는 자도 많았다.

길드에서는 흉악한 마물로 여기며 제거를 추천하고 있는데도…….

"혹시 착각을 하고 있는 것이냐? 안락 소녀를 잡아먹으려는 건 아니다. 노리는 건 그 녀석들이 만들어내는 열매지."

"열매? ……한 번 먹으면 완전히 매료되고 만다는, 그 열매 말인가요?"

"음. 그건 맛있고 배도 부르지만 영양가가 거의 없어서, 아무리 먹어도 살이 찌지 않는다더군. 그걸 식재료로 가공하여 팔면 꽤 짭짤한 수익을 기대할 수 있겠지."

흐음, 안락 소녀에는 그런 열매가 열리는구나. 몰랐는걸.

……아하, 나리가 머리 좀 썼네. 확실히 그런 거라면 아무리 먹어도 살이 찌지 않을 것이다.

"원래 사냥감인 인간을 놓치지 않고 쇠약하게 만들기 위한 열매인데, 중독성도 있다더구나."

"역시 나리야. 최고의 식재료잖아. 완전 떼돈을 벌 수 있겠는걸."

"하, 하지만 그 열매에는 신경에 문제를 발생시키는 성분이 포함되어 있다고 들었어요. 굶주림과 졸음, 통증 같은 감각이 차단되어 꿈이라도 꾸는 듯한 기분을 맛보고 쇠약사하기 때문에, 안락 소녀라 불린다면서요?"

아까만 해도 그렇게 관심을 보이던 위즈가 반대하는 반응을 보였다.

그렇게 위험한 건가? 그렇다면 이야기가 달라진다. 그런 것을 팔다간 경찰이 가만히 있지 않을 뿐만 아니라, 중범죄자로 잡혀갈 것이다.

"그건 좀 위험한 거 아냐? 까딱 잘못하면 평생을 감옥에서 썩게 될 것 같은데……."

"그렇게 위험한 물건으로 장사를 하는 건 인간적으로 좀 그렇잖아요, 바닐 씨!"

위즈는 나리를 움켜잡더니 비난하듯 격렬하게 흔들어댔다.

나리는 귀찮다는 듯 자신의 멱살을 움켜쥔 위즈를 떼어내고 한숨을 내쉬었다.

"이 몸은 인간이 아니니까 딱히 상관없지. 게다가 네놈들과 다르게 이 몸은 얼간이가 아니다. 그 열매를 그대로 팔 생각은 없지. 인간이 죽는 것은 바라지 않거든. 몸에 해를 끼치는 성분을 제거한 다음, 가공해서 팔 예정이다. 그러기 위해서는 안락 소녀에게서 많은 열매를 얻어야만 하지."

"그걸 나에게 의뢰하고 싶은 거야?"

"말이 잘 통하는군. 보수는 짭짤하게 쳐주마. 어떠냐?"

확실히 나쁜 제안은 아니다. 가공에 실패해서 성분을 제거하지 못하더라도 나는 그 전에 보수를 받을 테니까.

일이 잘 풀리면 판매 쪽에 관여해서 이득을 본다는 방법도 있다.

이 의뢰는 확실히 나쁘지 않다. 아니, 꽤 짭짤한 일이다!

"악랄한 꿍꿍이가 어울리는 양아치여. 자, 이 의뢰를 받아들이겠느냐?"

"입 아프게 말해서 뭐하겠슴까! 저와 나리 사이 아님까! 헤헷, 기쁜 마음으로 의뢰를 받아들이겠슴다!"

내가 손바닥을 싹싹 비비며 그렇게 말하자 나리는 만족한 듯 웃음을 흘렸다.

점주인 위즈는 아직 어떻게 할지 판단을 내리지 못해서 안절부절못하고 가게 안을 돌아다니기만 할 뿐이었다.

2

빚을 변제할 방법이 생겨서 들뜬 나는 우선 길드로 돌아갔다.

마침 동료들이 있었기에 의뢰 내용을 대략적으로 알려줬다.

나리가 시작할 장사에 대해서는 대충 얼버무리면서 말이다.

"이런 일이야. 보수는 완전 파격적이거든. 당연히 수락할 거지?"

"바닐 씨의 의뢰라는 게 좀 꺼림칙하네. 아르칸레티아에서의 일을 벌써 잊은 거야?"

륀이 그다지 내키지 않는 반응을 보이고 식사를 멈추더니, 손에 쥔 나이프를 빙글빙글 돌리며 투덜거렸다.

이 녀석, 또 샐러드를 먹고 있네.

"잊은 건 아냐. 하지만 그건 애초에 나리가 아쿠시즈교를 질색해서 벌인 일이라고. 그리고 평소에는 카즈마와 손잡고 제대로 된 장사를 하고 있잖아."

"카즈마는 그래서 떼돈을 벌었다지?"

"지금 사는 저택도 그 돈으로 산 걸지도 몰라. 한수 배우고 싶은걸~."

테일러와 키스는 긍정적인 반응을 보였지만…….

린은 낭만이라는 걸 모르는 건지 매사를 의심부터 하고 보는 게 문제라니깐.

"게다가 이번에는 안락 소녀의 열매만 채취하면 돼. 뭣하면 안락 소녀를 해치워서 길드 측으로부터 사례금을 챙기자고."

게시판에는 안락 소녀를 제거해달라는 의뢰서가 없었지만 증거품을 가지고 오면 언제든 돈을 받을 수 있었다.

"안락 소녀라면 그거 맞지? 의뢰를 맡는 건 좋지만, 나는 그 녀석들을 해치우고 싶지 않으니까 그냥 열매만 채취할래."

"나도 제거하는 것에는 반대야."

"아무리 몬스터라도 여자나 어린애를 향해 활을 쏘는 건 사양하고 싶네."

동료들은 안락 소녀를 해치우는 건 내키지 않는 건가.

몬스터라고 해도 겉모습은 인간 소녀와 똑같으니 주저하는 것도 이해가 됐다.

"좀 아쉽지만 어쩔 수 없지. 이번에는 교섭을 통해 열매만 얻을 거니까 안심해. 뭐, 말은 통한다니까 그 정도는 가능할 거야."

길드의 사례금이 아깝지만 나리에게 받기로 한 보수만으로도 충분히 짭짤했다. 동료에게 미움 받을지도 모르는 위험을 감수할 필요는 없었다.

"하지만 안락 소녀는 어디에 있는데? 아르칸레티아로부터 흥마의 마을로 이어지는 길에서 목격됐다는 소문은 들어본 적 있지만, 그건 이미 누군가가 퇴치했다더라고."

"키스, 그게 정말이야? 안락 소녀는 무심코 말을 걸 만큼 귀여운 여자애처럼 생겼다며? 그런 걸 퇴치하는 건 아무나 할 수 있는 일이 아냐……."

린은 그 광경을 상상한 건지 인상을 찡그렸다.

조그마한 여자애를 잔혹하게 해치우는 모험가의 모습을 상상해보니…… 그건 완전 범죄네.

"역시 나도 관둘래. 몬스터라고는 해도 꼬맹이를 건드는 건 좀 그렇잖아. 나처럼 상냥한 신사한테는 무리거든!"

"어린 소녀에게 해를 끼치는 건 쓰레기나 할 짓이야! 아마 안락 소녀를 퇴치했다는 자식은 여자한테 차여서 홧김에 그런 짓을 벌인 거 아닐까? 아무리 나라도 그런 인간 말종 같은 짓은 못한다고!"

키스가 술기운에 큰 목소리로 안락 소녀를 퇴치한 사람을 욕한 그때, 쾅 하고 딱딱한 게 부딪히는 소리가 등 뒤에서 들려왔다.

뒤편을 돌아보니 빈 술잔으로 테이블을 내려친 채 부들부들 떨고 있는 카즈마가 눈에 들어왔다.

카즈마의 파티도 있었구나.

"어이, 그 사람을 비난하면 안 돼. 안락 소녀는 겉모습만 보면 영락없는 인간 소녀지만, 그건 엄연한 몬스터야. 제 발로 다가가서 안락사를 당하더라도, 인간을 죽음에 몰아넣는 건 엄연한 사실이야. 남들이 질색하는 일을 해낸 그 사람을 비난할 게 아니라, 감사해야 한다고 생각해."

테일러가 무거운 목소리로 그렇게 말하자, 좀 떨어진 자리에 앉아 있던 카즈마가 자리에서 일어나더니 우리를 향해 걸어왔다.

"이건 내가 사는 거야. 테일러 **너 혼자만** 실컷 마셔. 뭣하면 요리도 더 시키라고!"

"어, 잘은 모르겠지만 고마운걸. 잘 마실게."

카즈마는 술이 가득 담긴 잔을 테이블에 둔 후 자리로 돌아갔다.

"어이, 왜 테일러한테만 술을 사주는 건데? 절친인 나한테도 술과 요리를 사달라고!"

"약았잖아! 나도 사줘!"

"맞는 말이야! 남한테는 한턱 쏘면서, 왜 동료인 나한테는 안 사주는 건데? 인간적으로 문제 있는 거 아냐?! 이 가게에서 가장 비싼 술을 사달란 말이야!"

나와 키스가 한 마디씩 하자, 뒤편에 있는 테이블에 앉아 있던 연회 프리스트도 고함을 질렀다.

우리가 한 말을 들은 카즈마가 도끼눈을 뜨더니 숨을 크게 들이마셨다.

"싫어!"

젠장, 요즘 들어 매일같이 얻어먹어서 저러나.

그러고 보니 테일러도 카즈마와 사이가 좋았지. 단둘이서 술을 마시는 모습을 몇 번 본 적이 있다.

각자의 파티를 이끄는 리더로서 이야기가 통하는 건지 동료들에 대한 푸념을 안주 삼아 즐겁게 한 잔 하는 것 같았다.

"그건 그렇고, 안락 소녀가 있을 만한 장소는 알고 있어?"

"그건 길드 직원인 루나에게 물어보면 바로 가르쳐줄 거야."

나는 카운터 앞에 한가한 듯이 앉아있는 루나에게 다가간 다음, 말을 걸지 않고 가만히 내려다보았다.

다시 봐도 정말 끝내주는 물건의 소유자였다. 가슴 크기만이라면 모험가들까지 통틀어서 가장 크지 않을까.

내가 가슴 계곡을 차분히 구경하고 있다는 것을 눈치챈 루나는 서둘러 가슴을 손으로 가렸다.

닳는 것도 아닌데 좀 보여 달라고…….

"더스트 씨, 무슨 일이시죠?"

"루나는 참 우수하네. 가만히 있으면서도 남들의 눈을 즐겁게 해주잖아. 린도 좀 보고 배웠으면 좋겠어."

"음담패설이나 늘어놓을 거면, 제가 경찰을 부르기 전에 돌아가 주세요."

나는 칭찬을 했지만 루나는 손으로 자신의 가슴을 완전히 가렸다.

이럴 거면 가슴 계곡이 드러나는 옷을 입지 말라고…….

"어이어이, 이 정도 일로 경찰이 출동하지는 않는다고. 나는 이미 당해봤거든. 그것보다 안락 소녀의 목격 정보는 없어?"

"혹시 퇴치할 건가요? 감사합니다!"

루나는 멋대로 단정 지으면서 몸을 내밀었고 그녀의 풍만한 가슴이 크게 흔들렸다.

루나가 담당하는 접수처에는 남성 모험가가 주로 몰리는데 그게 납득이 될 정도로 박력이 엄청났다.

안락 소녀를 퇴치할 생각은 없지만 일단 그런 걸로 해둘까.

"그래. 그러니까 안락 소녀가 어디에 있는지 가르쳐 줬으면 해. 아르칸레티아 인근에서 발견된 한 마리는 이미 퇴치됐다면서?"

"예. 그건 퇴치됐지만, 실은 다른 곳에서 안락 소녀가 목격됐어요."

루나는 그렇게 말하고 자료로 보이는 것들을 꺼내어 나에게 보여줬다.

그 지도에는 안락 소녀의 생태와 군생지가 표시되어 있었다. X표시가 된 건 아마 퇴치되었다는 의미겠지.

"아까 더스트 씨가 말했다시피, 이 길 근처에 있던 안락 소녀는 어느 모험가 분이 처리해 주셨어요."

"안락 소녀는 인간 꼬맹이와 비슷하게 생겼다던데? 대체 누가 해치운 거야?"

"일단 연락은 받았어요. 액셀 마을의 모험가 길드에 속한 분이고 여러분이 질색하는 일을 솔선해서 맡아주시는, 정말 믿음직한 모험가시죠. 안락 소녀 제거도 의외로 간단히 해 냈다고 들었어요. 그러니 더스트 씨도 안심하세요."

뒤편에서 의자가 쓰러지는 소리가 들려서 돌아보니, 씩씩 거리면서 이쪽으로 걸어오려 하는 카즈마를 다크니스와 메구밍이 말리고 있었다.

"헛소리 마! 내가 얼마나 힘들어했는지 알기는 해?!"

얼굴이 새빨갰다. ……술에 취한 걸까.

루나는 싱글벙글 웃고 있었고 신입 모험가 중에는 저 미소에 속아 넘어가는 녀석이 많았다. 사실 나는 루나가 꽤 음흉한 면이 있다는 걸 알고 있다.

"혹시 다른 꿍꿍이라도 있는 거야?"

"아무것도 없어요. 이야기를 계속 하자면, 새롭게 안락 소녀가 목격된 곳은 바로 이 호수 주변이에요. 마을에 물을 공급해주는 곳 중 하나인데, 얼마 전부터 수질이 나빠져서 정화를 한 덕분에 지금은 매우 아름다운 호수로 다시 태어 났죠."

또 의자가 쓰러지는 소리가 들렸다.

돌아보니 이번에는 파랑머리 연회 프리스트— 아쿠아가 머리를 감싸 쥔 채 몸을 웅크리고 있었다.

"우리 안이 좋아. 밖은 무서워……. 밖은 무서워……."

"아앗, 그때의 트라우마가 부활했어요! 카즈마, 어떻게 좀 해봐요!"

"귀찮으니까 싫어. 술 좀 마시면 원래대로 되돌아올 거야."

아쿠아가 얼이 나간 표정으로 혼잣말을 중얼거리자 그 모습을 본 폭렬걸이 허둥댔다.

항상 시끄럽던 녀석이 저렇게 풀이 죽다니 참 별일도 다 있군.

"그 호수에 가면 안락 소녀를 만날 수 있는 거지? 좋아. 고마워."

"아무쪼록 조심하세요. 토벌을 하러 간 대부분의 사람들이 겉모습에 속아서 결국 제거하지 못하고 돌아왔어요."

"알았어."

우리도 쓰러뜨릴 마음은 없지만 포상금이 생각보다 많았다.

다른 녀석들 몰래 안락 소녀를 쓰러뜨려서 포상금을 독차지하는 것도 괜찮겠는걸. 그러면 나리뿐만 아니라 길드로부터도 돈을 챙길 수 있잖아.

3

우리는 마을에서 조금 떨어진 곳에 있는 목적지에 별문제 없이 도착했다.

그곳에는 생각했던 것보다 크고 아름다운 호수가 있었다. 산에서 물이 계속 흘러들어오면서 깨끗한 수질이 유지되고 있는 것 같았다.

"으음, 일 때문에 온 것만 아니면 도시락을 먹고 낮잠이나 자고 싶네."

"그래. 마물과 마주치지도 않았잖아. 평화로운 곳이군."

"이런 곳에 진짜로 안락 소녀가 있는 거야? 그냥 물놀이나 하다 돌아가자고."

동료들은 다들 소풍이라도 온 듯한 반응을 보였다.

키스는 하품을 하더니 금방이라도 수풀 위에 벌러덩 드러누울 분위기였다.

날씨도 좋고 한적한 곳이니 농땡이를 치고 싶어지는 것도 충분히 이해는 된다. 나도 나리에게 의뢰를 받지 않았다면 낮잠이나 자고 싶을 지경이었다.

"빨리 일을 마치고 돌아가자. 듣자하니 호수 옆에 있는 숲에 서식하고 있다는 것 같아."

"그럼 빨리 가자. 어차피 교섭만 하면 되잖아?"

호수 주변을 산책하다 보니 모험가들이 간간히 보였다.

한두 명이 아니라 열 명 넘게 있었으며 숲을 드나들고 있었다.

"이 근처에 짭짤한 몬스터라도 있었어? 아니면 내가 몰랐을 뿐이지, 이 호수에는 미인 누님이 알몸으로 수영을 하는 풍습이 있어서 다들 그걸 구경하러 온 거야?"

"그런 바보 같은 짓을 누가 하냐 말이야. 그런데, 너도 모험가가 많은 게 신경 쓰이나 보네……. 테일러는 아는 거 없어?"

린도 딱히 아는 게 없는지 테일러에게 물어보았지만 그는 아무 말 없이 고개를 좌우로 저었다.

"파오리라도 있는 게 아닐까? 그건 깨끗한 물을 좋아한다잖아."

어쩌면 키스의 의견이 맞을지도 모른다.

파오리는 약하지만 경험치를 많이 주고 고기뿐만 아니라 몸에 달린 파도 맛있다. 다양한 의미에서 짭짤한 몬스터다.

모험가들이 우리 쪽을 힐끔힐끔 쳐다보는 것도 우리에게 파오리를 빼앗기지는 않을까 싶어 경계하고 있는 것이리라. 그냥 무시하는 편이 좋겠지.

우리는 다른 모험가들의 시선을 느끼면서 숲속으로 들어갔다.

길을 따라 나아가자 나무가 우거지지 않은 곳이 나왔고, 그곳에 있는 한 나무 옆에는 녹색 머리카락을 지닌 소녀가 있었다.

잡초가 우거진 지면에 주저앉아서 안타까운 듯한 눈동자로 이쪽을 지그시 쳐다보고 있는 가녀린 소녀였다.

나조차도 지켜주고 싶다는 생각이 들 정도로 보는 이들에게 보호 욕구를 느끼게 하는 외모를 지녔다.

"이런 숲속에 여자애가 혼자서……. 혹시 저 애가 안락 소녀일까?"

"인간 같아 보이는걸. 혹시 미아 아닐까?"

"인간으로 위장하고 있는 건가? 흐음, 대단하네. 안락 소녀란 걸 몰랐으면 바로 속아 넘어갔을 거야."

동료들이 당황하는 것도 무리는 아니었다.

마을에서 떨어진 곳에 어린애가 혼자 있을 리 없기에 안락 소녀라는 것을 눈치챘지만, 마을 안에서 마주쳤으면 마물이라는 걸 눈치채지 못했을 것이다.

"으음, 너는 안락 소녀 맞지?"

나는 그렇게 말을 걸었고 그 소녀는 살며시 고개를 끄덕였다. 그리고 눈물이 맺힌 눈동자로 나를 쳐다보며 입을 열었다.

"응. 오빠들은…… 나를 죽이러 온 거야?"

"아, 그런 건 아닌데……."

눈물이 맺힌 순수한 눈동자가 나를 향하자 가슴 안쪽이 욱신거렸다.

으윽, 나한테 양심이라는 게 남아있을 줄이야…….

연약한 소녀가 그런 소리를 하니 쓰러뜨릴 엄두조차 사라

졌다.

술자리에서는 해치우지 않겠다고 말했지만 기회가 되면 해치워서 길드로부터 포상금을 받을 작정이었는데, 아무래도 관둬야겠다.

한 마리 정도라면 죽이지 않고 살려둬도 큰 문제가 되지 않을 것이다.

"해치러 온 게 아니니까 겁먹을 필요 없어. 오늘은 이야기를 하러 왔을 뿐이야."

"맞아. 아무 짓도 안 할 테니까 안심해. 이 야만스러워 보이는 남자가 너의 털끝도 못 건드리게 할게."

린의 상냥한 목소리는 흔히 들을 수 있는 게 아니지.

"이야기?"

안락 소녀는 볼에 손가락을 대고 고개를 갸웃거렸다.

린은 그 모습을 보고 완전히 넘어갔는지 상냥한 눈길로 쳐다보며 미소 지었다.

키스와 테일러는 상대에게 겁을 주지 않으려는 듯 무기를 허둥지둥 등 뒤로 숨겼다. 마음이 착한 녀석들이라서 이렇게 될 거라는 건 충분히 예상이 됐다.

"네가 만드는 열매가 필요해. 그걸 몇 개만 주지 않을래?"

"아, 배고프구나. 잠시만 기다려."

안락 소녀는 환하게 웃더니 몸에서 자라난 열매를 따서 우리 전원에게 나눠줬다.

열매를 딸 때 아픔을 느끼는지 안락 소녀는 표정을 약간 찡그렸다.

"혹시 아픈 거면 억지로 딸 필요 없어."

"그래. 무리하지 마. 자기 몸을 소중히 여겨."

린과 테일러가 안절부절못하면서 말렸지만 안락 소녀는 고개를 저었다.

"걱정해줘서 고마워. 상냥한 언니, 오빠. 배고프면 많이 먹어."

안락 소녀는 덧없는 목소리로 그렇게 말하고 미소 지었다.

열매를 지그시 쳐다보던 키스는 내 어깨에 손을 얹더니 귓속말을 했다.

"저 녀석의 말투 말인데, 좀 수상쩍지 않아? 순종적인 척하면서 내 돈을 탈탈 털어먹은 다음, 다른 남자 손님과 야반도주를 한 여자를 닮았어."

"아, 키스도 그렇게 생각했구나. 다른 녀석들은 단순해서 완전히 속아 넘어간 것 같지만, 저건 명백한 연기야. 표정이 뭐랄까……."

나도 키스의 말에 동의했다.

저 아양을 떠는 태도는 비싼 술을 팔아먹으려 하는 술집 누님과 비슷했다.

술기운이 돌고 있었다면 속아 넘어갔을지도 모르지만 지금은 멀쩡한 상태이기 때문에 안락 소녀의 저 연기가 매우 신경 쓰였다.

길드가 위험한 몬스터로 지정해서 퇴치를 추천하고 있는 이유도 알 것 같았다.

오늘은 그냥 눈감아주지만 진짜로 제거하는 편이 나을지도 모른다.

그건 그렇고 열매를 간단히 손에 넣었는걸. 냄새를 맡아 보니 달콤한 향기가 났다.

요즘 들어 제대로 된 것을 먹지 못해서 그런지, 정말 맛있을 것처럼 보였으나…… 나리한테서 돈을 받을 때까지는 참아야 한다.

말도 통하는 것 같고 아직은 우리에게 해를 끼칠 생각도 없어 보였다. ……빨리 열매를 먹으라고 재촉하고 있지만 말이다.

열매를 얻는 것은 어려울 줄 알았는데 의외로 간단히 손에 넣었다.

"뭐, 고마워. 그럼 가지고 돌아가 볼까."

"뭐어?!"

안락 소녀의 놀란 목소리에는 사람을 바보 취급하는 느낌이 감돌았다.

아까까지만 해도 덧없는 분위기가 감도는 목소리였는데 놀란 나머지 본성이 드러난 걸까?

"뭐야, 가지고 돌아가면 안 되는 거야?"

"으음, 그 열매는 빨리 상하니까 지금 바로 먹어야 맛있어. 신선할 때 먹으면 둘이 먹다 하나가 죽어도 모를 만큼 맛있대."

안락 소녀는 당황한 어조로 그런 말을 늘어놓았다.

아무래도 우리가 지금 이 자리에서 이 열매를 먹고 자신의 양분이 되어주기를 바라는 것 같은걸. 겉모습은 소녀지만 역시 몬스터가 틀림없나.

"하지만 이걸 먹으면 그 맛에 중독되어서 네 곁을 떠날 수 없다면서?"

"그렇지 않아. 그냥 맛있는 열매야."

"그럼 가지고 가서 먹어도 되겠네?"

안락 소녀는 팔짱을 끼더니 끙끙거리며 생각에 잠겼다.

"그럼 네가 직접 먹어봐."

"어? 내 몸에서 난 열매를 내가 먹는 건 좀……."

내가 열매를 내밀자 안락 소녀는 인상을 썼다.

그것도 무리는 아니었다. 자기 몸의 일부를 먹으라는 거나 다름없으니까.

안락 소녀는 겁먹은 표정으로 린과 테일러의 옷자락을 잡아당겼다.

"이 애를 괴롭히지 마. 저 바보는 내가 마법으로 태워버릴 테니까 안심해."

"약한 존재는 상냥하게 대해야 하는 법이지. 안심해, 크루

세이더인 내가 무슨 일이 있어도 너를 지켜줄게."

두 사람은 안락 소녀를 지키려는 듯 나를 막아섰다.

간단히 넘어가버리면 어떻게 하냐고…….

"그럼 키스가 먹어봐."

"왜 내가 먹어야 하는데?! 네가 먹으면 되잖아! 돈이 없으면 음식물 쓰레기도 먹어치우는 더스트라면 뭘 먹어도 멀쩡할 거라고."

"말도 안 되는 소리 하지 마! 음식물 쓰레기 같은 건 굶어죽기 직전일 때 두세 번 정도 먹었을 뿐이라고!"

내가 그렇게 외치자 동료들이 나한테서 한 발짝 물러났다.

그뿐만 아니라 안락 소녀도 안타까운 표정을 짓고 눈물을 닦는 시늉을 했다.

"어, 어이. 그렇게 놀랄 일은 아니잖아? 돈 없고 배고플 때, 식당 쓰레기통에서 맛있는 냄새가 나면 이성을 잃을 때가 있다고."

"안 잃어."

"있을 수 없는 일이지."

"그 정도로 굶주렸을 때는 빵이라도 사줄 테니까, 제발 그러지 마……."

"내 열매를 두어 개 더 줄게."

이 녀석들이 이렇게 상냥하게 나오니까 더 열이 뻗치네!

열매를 따서 나에게 건네주려 하는 안락 소녀를 무시한

우리는 그대로 그곳을 벗어났다.

　다른 모험가가 안락 소녀에게 속는 걸 방지하기 위해서라도 퇴치하는 편이 좋을 것 같지만, 지금은 나리의 의뢰를 우선하기로 했다.

4

　액셀 마을에 도착한 후, 나는 혼자서 바닐 나리에게 보고를 하러 갔다.

　다른 동료들은 바닐 나리를 약간 거북해 하는 것 같았기에 길드에서 기다려 달라고 말해뒀다.

　문을 힘차게 열고 의기양양하게 가게 안으로 들어가 보니 미인 점주가 바닥에 널브러진 채 경련을 일으키고 있었다. 뭐, 자주 있는 일이라서 딱히 신경 쓰이지는 않았다.

　그리고 팔짱을 낀 나리, 그리고 평범한 복장을 한 로리 서큐버스가 그런 점주를 내려다보고 있었다.

　"나리, 나 왔어~. 그런데, 네가 왜 여기 있는 거야?"

　"바닐 님과 상의할 일이 있어서 이렇게 찾아온 거예요~."

　로리 서큐버스는 아양 섞인 목소리로 그렇게 말했다. 내 앞에서는 한 번도 저런 목소리를 낸 적이 없는데 말이다.

　……그리고 보니 로리 서큐버스는 바닐 나리의 팬이랬지.

　"우선 의뢰 결과부터 들어볼까. 그래도 괜찮지?"

"예, 물론이죠. 저는 조신한 여자니까요."

로리 서큐버스는 나리 앞에선 저렇게 얌전하게 굴었다. 실은 꽤 드센 편인데 말이다.

눈을 반짝이며 나리를 올려다보고 있지만 나리는 그런 로리 서큐버스에게 전혀 관심을 주지 않았다. ……불쌍하네.

"뭐, 좋아. 네 개뿐이지만, 일단 의뢰는 완수했어."

나는 바닐 나리에게 아까 손에 넣은 열매를 봉투째 건넸다.

"수고했다. 그럼 보수를……. 이게 어떻게 된 거지?"

나리는 봉투 안을 살펴보더니 고개를 갸웃거렸다.

그리고 봉투 안에 든 것을 책상에 쏟자 표면이 쭈글쭈글해진 열매가 나왔다. 크기도 아까의 절반 이하로 줄어 있었다.

"이건 말린 과일인가요?"

"원래 이런 열매였느냐?"

"아냐. 훨씬 촉촉하고 맛있어 보이는 열매였어. 겨우 한나절 만에 이렇게 말라버린 건 묘한걸."

껍질도 거무튀튀하게 변색이 되어서 먹을 생각조차 나지 않았다.

"우왓, 코가 썩겠네! 사흘 정도 빨지 않은 양말 같은 냄새가 나잖아!"

"예엣?! 그걸 안다는 건, 더스트 씨는 같은 양말을 그렇게 오랫동안 신은 적이 있나 보죠?"

로리 서큐버스는 그런 태클을 날렸다.

코를 막으면서 냄새가 자기 쪽으로 오지 않도록 나를 향해 손부채질을 하지 마. 모험을 하다보면 이틀, 사흘 동안 같은 옷을 입기도 한다고⋯⋯.

"흠, 이 열매는 시간 경과에 따라 빠르게 상하는 것 같군. 과일의 수상한 성분을 들키지 않기 위해 일부러 빨리 상하게 한 걸지도 모르겠는걸. 그렇다면 성분도 변했다고 봐야겠지."

"맙소사. 그럼 괜한 고생만 한 거잖아. ⋯⋯저기, 나리. 선불로 줬던 보수를 돌려달라는 소리는 안 할 거지? 이미 1에 리스도 남아있지 않거든."

열매를 가지고 돌아왔으니 남은 보수도 받아서 돌아가고 싶은데⋯⋯.

"그런 쪼잔한 소리를 할 생각은 없지만, 이래서야 아무런 의미도 없지. 안락 소녀를 이곳으로 데려오는 수밖에 없을지도 모르겠군."

"저기, 대화를 방해해서 죄송해요. 이건 안락 소녀에게서 얻은 열매인가요?"

"그래. 나리의 의뢰로 안락 소녀의 열매를 가지고 온 거야."

나는 그렇게 말했고 로리 서큐버스는 미간을 찌푸리면서 열매를 지그시 쳐다보았다.

이 녀석, 왜 갑자기 언짢은 반응을 보이는 거지?

"어이, 왜 그래? 혹시 변비라도 걸렸어?"

"대체 왜 그렇게 생각하는 건데요? 으음, 사실 저는 안락 소녀에 관한 일로 바닐 님과 상의를 하러 왔거든요. 우연치고는 너무 기묘한 것 같아서요."

"호오, 그 말을 들으니 약간 흥미가 생기는군. 어디 말해 봐라."

나리는 그렇게 말하고 열매를 봉투에 넣은 뒤 봉투를 봉하려고 했다.

하긴, 이대로 방치해뒀다간 마도구점이 악취로 가득 차버릴 것이다.

나리는 봉투를 봉한 후 인상을 썼다. 아무래도 안에서 흘러나온 악취를 맡은 것 같았다.

턱에 손을 댄 채 잠시 생각에 잠겼던 나리는 바닥에서 경련을 일으키고 있는 위즈의 얼굴 쪽을 향해 그 봉투를 던졌다.

봉투에서 흘러나온 악취를 맡은 위즈가 극심한 경련을 일으키더니 그대로 꼼짝도 못하게 됐다.

……이번에는 대체 무슨 짓을 한 것일까. 조금 신경이 쓰였지만 우선 로리 서큐버스의 이야기를 들어보기로 했다.

"실은 요즘 들어 저희 가게의 단골손님 중 몇 명의 발길이 끊어졌어요. 이유를 조사해 봤는데, 그 손님들은 모험가 길드에도 얼굴을 비추지 않게 됐다더라고요. 다른 모험가 분에게 물어보니「최근 모험가들은 주머니 사정이 좋아져서 모험을 안 하니까 길드에 오지 않는 걸지도 모른다」라며 개의치 않고 넘어갔어요."

아~ 마왕군 간부와 히드라 같은 거액의 현상금이 걸린 녀석들을 연달아 쓰러뜨린 덕분에, 의뢰를 빈번하게 받지 않더라도 풍족하게 살 수 있게 됐지.

나는 수중에 돈이 있으면 펑펑 쓰기 때문에 항상 쪼들리는 생활을 하지만 말이다.

그러고 보니 요즘 길드의 술집에 오지 않는 녀석들이 있었다.

"그래서 좀 더 조사를 해보니까, 가게에 오지 않게 된 손님 중에는 공통점이 있었어요. 다들 안락 소녀의 퇴치 의뢰를 맡은 적이 있다는 거예요!"

"하지만 안락 소녀는 멀쩡히 남아 있던걸?"

"그들 전원이 의뢰를 수행하지 못했다고 봐야 되겠군."

그걸 쓰러뜨리기 위해서는 실력보다는 용기와 비정함이 필요하지만 열 명 이상이 도전했다면 한 명 정도는 성공했을 것 같은데 말이다.

그렇게 일이 성가시게 됐다면 안락 소녀에게 걸린 포상금도 껑충 뛰었을 것이다. 길드에 가서 좀 알아보는 편이 나으려나.

"루나를 찾아가서 자세하게 물어보고 올게. 의뢰도 완수하지 못했으니까."

"기특한 소리를 다 하는군. 그럼 이 몸도 신선한 열매를 손에 넣을 방법을 생각해두기로 하지."

"저는 바닐 님을 도울게요! 이래 봬도 할 때는 하는 여자 거든요!"

"그럼 바닥에 널브러져 있는 쓰레기를 창고에 처박아줬으면 좋겠군. 손님에게 방해가 될 테니까 말이다."

로리 서큐버스는 나리의 지시에 따라, 위즈를 가게 안쪽으로 질질 끌고 갔다.

약간 안 되었다는 생각이 들었지만 나리가 번 돈을 매번 괜한 데다 써버리니 동정의 여지는 없었다.

5

"그 녀석들, 나를 기다리지도 않고 돌아가 버린 거야? 진짜 매정하다니깐."

길드에 가보니 동료들은 없었다. 숙소로 돌아갔거나, 아니면 다른 곳에 간 것 같았다.

성실하게 일을 하는 것 자체가 왠지 바보처럼 느껴졌기에 술이라도 한 잔 마실까 했지만, 나리한테서 돈을 받지 못했기 때문에 1에리스도 없었다.

어찌된 영문인지 한산한 술집에는 얻어먹을 상대도 없었다.

"돈은 없지만 외상으로 술 한 잔만 줘."

내가 점원에게 그렇게 말하자 그 점원은 미간을 찌푸리고 코웃음을 쳤다.

"흥, 농담은 그 면상과 평소 행실만으로도 충분하거든요? 지난달의 외상도 아직 못 갚았잖아요. 이제 출입을 금지시켜야 하는 건 아닌지 의논하고 있다고요."

"농담……이지? 농담이라고 말해줘! 길드에 드나들지 못하게 되면, 의뢰도 받을 수 없다고!"

그렇게 되면 모험도 할 수 없다.

"그런 건 제가 알 바 아니에요. 저기, 은근슬쩍 이상한 곳을 만지지 말아줄래요?! 그리고 빨리 외상이나 갚아요!"

나는 점원의 허리를 부여잡고 매달린 채 호소했으나 점원은 쟁반으로 내 머리를 두들겨 팼다.

젠장, 나는 손님이라고! 외상값을 갚지는 못했지만 그래도 이건 너무하잖아. 뭐, 내가 잘못한 거지만 말이야!

발끈했지만 별 뾰족한 수가 없었기에 나는 카운터를 청소하고 있던 루나에게 말을 걸었다.

"이야, 엉덩이를 쑥 내밀고 있는 뒷모습도 괜찮네."

"저기, 농담이 아니라 진짜로 신고해버릴 거예요."

루나는 나를 돌아보더니 도끼눈으로 노려보았다.

"어이어이, 아직 너를 건드리지 않은 내 자제심을 칭찬해 줘야 하는 거 아냐?"

"범죄자의 심리는 참 무시무시하군요. 방해하지 말고 빨리 꺼지세요."

루나는 벌레를 쫓는 것처럼 손을 내저었다.

상대가 길드 직원이 아니라면 설교라도 했겠지만 이 녀석을 적으로 돌렸다간 모험가로서 먹고 살 수 없게 된다.

"너무 그러지 마. 안락 소녀에 관해 좀 자세하게 가르쳐줬으면 한다고."

"아, 그러고 보니 안락 소녀 퇴치는 어떻게 됐나요?!"

어, 지난번보다 훨씬 반응이 격한걸.

"그게 말이지. 발견은 했는데, 동료가 해치기 싫다며 말리지 뭐야."

"아~, 역시 그렇게 됐군요. 그 외모와 말투 때문에 심성이 고운 사람은 퇴치를 못해서 곤란하던 참이에요. 더스트 씨라면 가능할 거라고 기대했는데 말이죠."

"어이, 방금 그 말은 어떤 의미야?!"

"말 그대로의 의미예요."

이, 이 녀석, 방긋 웃으면서 저딴 소리를 늘어놓네.

루나가 나를 어떻게 생각하는지 한 번 제대로 이야기를 나눠봐야겠다. 하지만 지금은 그것보다 내 볼일을 우선해야 하는 상황이다.

"아~, 모처럼 안락 소녀를 처리하려고 마음먹었는데 확 마음이 바뀌었네~. 의욕이 싹 가셨어."

"자, 잠깐만요! 아까 제가 한 실언은 사과할 테니, 퇴치해 주시지 않겠어요?! 진짜로 난처한 상황이에요! 요즘 들어 모험가 여러분이 농땡이를 피우는 바람에 의뢰가 쌓여 가는

데, 안락 소녀를 퇴치하러 갔던 분들이 돌아오지 않아서 곤란하던 참이라고요!"

진짜로 절박한 상황인지 루나는 자신의 풍만한 가슴을 나한테 밀착시키면서 그렇게 애원하듯 말했다.

아~ 한동안 이러고 있는 것도 괜찮겠네.

"그렇게 곤란한 거야?"

"예! 돌아오지 않는 사람들이 어떻게 됐는지 확인해달라고 보낸 이들도 돌아오지를 않아요……. 여성 모험가는 안락 소녀가 불쌍하다며 아예 의뢰를 받아주지도 않는다니까요."

로리 서큐버스가 한 말은 거짓말이 아닌 건가. 안락 소녀를 제거하러 간 녀석들이 도리어 매료되고 만 걸까?

"린도 비슷한 반응을 보였어. 여자들은 그걸 해치우지 못할 거야."

내 동료도 외모와 말투에 속아서 퇴치하지 못했다. 안락 소녀를 해치울 수 있는 건 마음이 굳건하거나, 아니면 비정하기 그지없는 인간일 것이다.

"안락 소녀를 퇴치한 경험이 있는 모험가 분에게도 부탁을 해봤지만, 유감스럽게도 거절당했어요. 마음이 망가지니 두 번 다시 하고 싶지 않다더군요……."

"뭐, 안락 소녀 같은 외모를 지닌 몬스터를 쓰러뜨리는 건 힘드니까."

루나가 말한 모험가는 아르칸레티아 인근의 안락 소녀를

퇴치했다는 사람일 것이다.

강철처럼 굳건한 마음을 가졌을 거라고 생각했는데 그런 모험가도 역시 상당한 대미지를 입었구나.

"호수에 있는 개체는 꽤 성가신 타입 같은데, 교묘한 말로 마음의 빈틈을 파고드는 것 같아요. 어떻게 하면 좋을까요……."

루나는 고민을 하면서 나를 올려다보았다.

어이, 내가 이런 뻔한 유혹에 질 것 같냐고…….

"만약 퇴치 의뢰를 맡아주신다면……."

루나는 몸을 더욱 밀착시키더니 그 풍만한 가슴으로 내 팔을 감쌌다.

우오오오오, 이거 진짜 큰일이네. 이 부드러운 감촉은 남자를 얼간이로 만들어. 이성이 날아가 버릴 것 같다고!

"맡아준다면……."

나는 마른 침을 삼키고 루나의 말을 기다렸다.

"길드 술집의 외상 기한을 한 달 연장해달라고 교섭해줄 게요."

"맡겠어."

나는 주저 없이 답했다.

6

"아~, 젠장. 어떻게 하지?"

나는 동료들에게 나리의 의뢰와 길드의 의뢰를 동시에 해결해서 일석이조를 노려보자는 제안을 했지만 전원에게 거절당했다.

아무래도 안락 소녀와 한 번 만나본 탓 같았다. 내가 무슨 말을 해도 다들 자기 방에 틀어박혀서 나오지 않았다.

그래서 알고 지내는 모험가들에게 이야기를 꺼내봤지만 다들 시큰둥한 반응을 보였다.

그 이유는—.

"더스트가 말하는 짭짤한 일보다 미심쩍은 건 없거든."

"겉모습은 영락없는 소녀잖아? 무리라고."

"그런 것보다 빨리 빚이나 갚아."

다들 그런 소리를 늘어놓았고 빚 갚으라는 소리를 한 녀석과는 주먹다짐까지 했다.

화풀이 삼아 술을 마시고 싶었지만 돈이 없는 데다 더는 외상도 할 수 없었다. 얻어먹을 사람이 없나 싶어 길드 안을 둘러봤으나 카즈마 일행도 보이지 않았다.

안락 소녀는 혼자서도 해치울 수 있지만 문제는 거기까지 가는 길이었다. 고블린 정도라면 몰라도, 초보자 킬러나 다른 마물이 집단으로 나타난다면 일이 성가셔질 것이다.

이런 생각을 해봤자 한도 끝도 없을 것이기에, 나는 일단 의자에 앉아서 점원을 불렀다.

"어이~, 주문해도 돼?"

"돈을 낼 거라면 얼마든지 해도 돼요."

"쳇, 물이나 줘. 그건 공짜지?"

"뭐, 좋아요."

"알코올이 들어간 물이라도 괜찮아!"

내 말을 들은 점원은 혀를 쑥 내밀어 보인 후에 돌아갔다.

나는 딱히 할 일도 없어서 테이블에 발을 얹고 천장을 올려다보았다.

"같이 모험을 할 녀석이 없어……."

내가 그렇게 중얼거린 순간, 시야 한편에서 움직이고 있는 물체가 보였다.

창가 특등석에 눌러앉아 있던 외톨이 홍마족이 나를 힐끔힐끔 쳐다보고 있었다.

다른 녀석을 권유하고 있을 때는 없었는데 어느새 돌아온 것 같았다. 평소와 마찬가지로 카즈마네 폭렬걸을 찾아갔다 왔으리라.

……한 명 확보했네. 퇴치해야 할 몬스터가 안락 소녀라는 걸 밝히지 않는다면 분명 따라올 거야.

융융이 있으면 안전은 확보된 거나 다름없지. 혹시 모르니 확인은 해두도록 할까.

"곤경에 처한 사람을 도와주는, 상냥하고 강할 뿐만 아니라 멋진 마법사가 어디 없으려나~."

내가 융융에게 들릴 정도의 목소리로 그렇게 말하자 그녀는 히죽거리면서 자리에서 일어났다.

사냥감이 낚였다. 너무 손쉽게 낚아서 하품이 다 나오네.

당사자는 내 속셈을 눈치채지 못한 건지 당당한 걸음걸이로 다가왔다.

내가 입가에 어리려 하는 쓴웃음을 참고 눈치채지 못한 척 하자—.

"저를 찾으신 거죠?!"

내 눈앞에 불쑥 나타난 이는 바로 폭렬걸이었다.

이 녀석, 최악의 타이밍에 길드에 온 건가.

"너를 찾은 게 아냐! 어이, 카즈마. 이 녀석이 성가시게 군다고!"

"사람을 이 녀석, 저 녀석 하고 부르지 마세요! 홍마족 제일의 마법사인……."

"아, 미안해. 어이, 내가 남한테 폐를 끼치지 말라고 말했지?"

카즈마가 폭렬걸의 뒷덜미를 움켜잡더니 그대로 끌고 갔다.

폭렬걸은 지팡이를 휘두르면서 저항했지만 곧 몸에서 힘이 쑥 빠져나간 것처럼 얌전해졌다.

"드레인은 치사하잖아요!"

"시끄러워! 너는 레벨이 높으니까 이렇게라도 해야 얌전해질 거잖아! 어이, 다크니스. 부럽다는 듯이 쳐다보지 말라고."

"독설을 퍼붓고 싶으면 나한테 마음껏 퍼부어도 된다. 사양할 필요 없다. 뭣하면 바인드로 나를 꼼짝도 못하게 만든 다음에……."

"저기, 여기서 가장 비싼 술을 시켜도 돼? 응? 저기, 무시 좀 하지 마아아아앗!"

여전히 시끌벅적한 녀석들이군.

방금까지 조용하던 길드 안이 금세 시끌벅적해졌다.

좀 떨어진 자리에 앉은 카즈마가 지칠 대로 지친 표정으로 주문을 했다. 좋아, 나중에 얻어먹어야지.

카즈마 일행에게 도움을 청할까도 했지만…… 관두기로 했다.

여자가 많아서 안락 소녀를 해치우지 못할 테니까 말이야. 게다가 저 녀석들과 같이 다니면 틀림없이 험한 꼴을 당할 거라는 확신이 들었다.

카즈마 일행을 끌어들이는 것을 관두고 다른 곳으로 고개를 돌려보니, 말을 걸 타이밍을 놓친 바람에 멀뚱히 서 있던 융융과 시선이 마주쳤다.

이제 나한테는 마음 편히 말을 걸라고……. 왜 내가 매번 신경을 써줘야 하는 건데?

"융융, 왜 그래? 나한테 무슨 볼일이라도 있어?"

"저기, 으음, 아까 모험이 어쩌고 같은 말을 하는 것 같던 데…… 저기……."

융융은 우물쭈물하면서 용건을 꺼내지 못했다.

여전히 성가신 여자다.

"하아……. 한가하면 내가 맡은 의뢰를 도와주지 않을래?"

"저어어엉말 원하신다면, 도와줄 수도 있어요!"

융융이 환한 미소를 지으며 그렇게 말해서 왠지 놀려주고 싶어졌다.

"뭐, 그 정도로 원하는 건 아니지만 말이야."

"어? 하, 하지만 도와줄 사람이 없어서 곤란하다고 아까……."

"뭐, 그렇다고 혼자서 못할 의뢰도 아니거든."

"저, 저기, 저는 지금 한가하니까 도와드릴게요! 사양할 필요 없어요!"

그렇게 필사적으로 굴 거면 처음부터 솔직하게 행동하란 말이야.

이러니 폭렬걸에게 툭하면 놀림을 당하는 거야.

"정 그렇다면 도와달라고. 그럼 파티를 짠 기념으로 축배를 들어볼까! 물론 네 돈으로 말이야!"

"싫어요! 돈이 없으면 물을 마시면 되겠네요."

"이제 슬슬 간이 되어있는 걸 입에 넣고 싶단 말이야! 너는 아는지 모르겠는데, 얼음이라는 건 씹는 맛은 있지만 아무리 먹어도 배가 부르지 않다고!"

"그런 지식을 알고 싶지는 않거든요?!"

"알아요! 알고말고요! 하다못해 설탕이라도 뿌리면, 간식 느낌으로 먹을 수 있죠."

갑자기 우리의 이야기에 끼어든 폭렬걸이 고개를 연이어

끄덕이며 그렇게 말했다.

또 끼어든 거냐.

"메구밍?!"

"머릿속도 폭렬하고 있는 줄 알았더니, 의외로 말이 통하는걸!"

"홍마족 제일의 상식인인 저를 바보 취급하는 건가요? 배짱 한 번 좋군요. 당신의 머리도 폭렬해드릴까요?!"

"저기, 왜 우리 대화에 끼어든 거야?! 그리고 실내에서 폭렬마법을 쓰면 안 돼!"

메구밍이 지팡이를 치켜들고 길길이 날뛰자 융융은 그녀를 붙들어 말렸다.

카즈마와 아쿠아가 그 광경을 느긋하게 쳐다보며 술을 마시고 있는 모습이 내 눈에 들어왔다.

"카즈마. 너희 파티의 문제아가 날뛰고 있다고! 어떻게 좀 해봐!"

"안심해. 어차피 오늘은 폭렬마법을 쓸 마력이 남아있지 않거든."

카즈마가 저렇게 말한다면 괜찮을까. 그럼 폭렬걸은 융융에게 맡겨두기로 하자.

밤이 깊었으니 남은 문제에 대해서는 내일 생각하기로 할까. 마침 카즈마도 왔으니 은근슬쩍 저 녀석 앞으로 달아놓고 술을 시켜도 들키지 않겠지.

바닐 나리와 손잡고 떼돈을 벌고 있으니까 내 술값 정도는 푼돈에 불과할 거야.

7

"바닐 나리, 좋은 아침이야."

"모든 것을 내다보는 이 몸의 눈에는 태양이 하늘 높이 떠오른 것처럼 보이는데 말이다."

"안녕하세요, 더스트 씨."

어젯밤에 술을 과하게 마신 바람에 늦잠을 잔 내가 일어나자마자 마도구점에 가보니, 앞치마를 걸친 바닐 나리와 오늘은 멀쩡해 보이는 위즈가 있었다.

"어제 카즈마한테서 술과 음식을 뜯어먹은 덕분에 오랜만에 배가 불러서 그런지 숙면을 취해버렸거든. 그건 그렇고, 나리. 안락 소녀 쪽은 어떻게 됐어?"

"일단 아이디어가 하나 생각나기는 했다. 그것보다, 우선 길드에서 들은 이야기부터 해봐라."

"알았어. 루나의 이야기에 따르면—"

내가 상세하게 설명을 해주자 나리는 팔짱을 끼면서 「호오」하고 중얼거렸다.

"꽤 성가신 일이 벌어지고 있는 것 같군."

"조그마한 서큐버스 양이 했던 이야기와도 일치하는군요."

"로리 서큐버스가 무슨 이야기를 했는데?"

궁금해진 내가 그렇게 물어보니 나리는 땅이 꺼져라 한숨을 내쉬었다.

"어제, 모험가가 가게에 오지 않게 되었다는 이야기를 들었을 텐데? 술과 여자 생각으로 뇌가 가득 차 있는 양아치여."

"나리, 너무 칭찬하지 마. 부끄럽다고."

"더스트 씨, 칭찬이 아니에요."

위즈는 쓴웃음을 짓고 내 말을 부정했다.

그러고 보니 로리 서큐버스가 그런 소리를 했던 것도 같다. 술을 마신 바람에 기억이 꽤 흐릿해졌지만 말이다.

"그 후에 좀 더 상세한 이야기를 들었는데, 안락 소녀 퇴치 의뢰를 맡아서 갔다가 돌아온 모험가가 서큐버스의 가게에 왔다더군. 그리고 안락 소녀를 제거하러 갔던 녀석들이, 도리어 안락 소녀에게 매료되어서 보디가드를 하고 있다는 이야기를 그 자에게 들었다고 한다. 정말 한심한 이야기군."

"그럼, 안락 소녀를 제거하려고 했다간 그 한심한 모험가들이 방해할지도 모른다는 거네……."

"그렇게 되겠지. 그러나 나한테 묘안이 있다. 지금 바로 서큐버스의 가게에 가보도록. 그곳에서 네놈은 흡족한 일을 겪게 될 것이다!"

나리는 의미심장한 발언을 입에 담은 뒤 씨익 웃으면서 나에게 서큐버스의 가게에 가보라는 지시를 내렸다.

무슨 꿍꿍이인지는 모르겠지만, 일단 순순히 따르기로 했다.

마도구점을 나선 내가 평소와 마찬가지로 카페처럼 꾸며져 있는 그 가게에 들어가자, 서큐버스들이 한가한 듯 농땡이를 부리고 있었다.

모험가가 오지 않아서 제대로 식사를 못 한 건지 볼이 약간 핼쑥해진 녀석도 있었다.

"앗, 더스트 씨! 기다리고 있었어요!"

어찌된 건지 로리 서큐버스가 나를 반기면서 자리로 안내하고 주문도 안 했는데 음료와 식사를 내왔다.

그것만이 아니라 다른 서큐버스들이 내 주위로 몰려들어 술을 따라주거나 어깨를 주물러주는 등 융숭하게 접대를 해줬다.

"무슨 속셈인지는 모르겠지만, 나는 돈이 없거든?"

"서비스니까, 돈 걱정은 하지 마세요."

로리 서큐버스는 지금까지 나한테 한 번도 지은 적 없는 상냥한 미소를 지었다.

……눈이 웃고 있지 않았기에 수상쩍기 그지없었다.

주위에 있는 서큐버스들도 미소를 머금으며 계속 환대를 해줬다.

주문도 하지 않은 술을 잔에 따르고 글래머 서큐버스가 그걸 나에게 계속 권했다.

내 양옆에 앉은 서큐버스가 자신의 가슴 계곡에 내 팔이

파묻힐 정도로 몸을 밀착시켰다.

 ……나는 여차할 때 바로 도망치기 위해 주위를 살피며 도주로를 확인했다.

 "나, 이 가게에서는 비교적 사고를 안 쳤지? 폐도 거의 끼치지 않았지? 나, 진짜로 돈이 없거든? 못 믿겠으면 지갑이라도 보여줄까?"

 "왜 그렇게 미심쩍어 하는 거죠?"

 "그야 아무 꿍꿍이도 없이 나한테 환대를 해줄 리가 없잖아?"

 "너무 경계하지 마세요. 저와 더스트 씨는 온천에서 같이 목욕도 한…… 사이잖아요."

 로리 서큐버스는 두 손을 자신의 볼에 대고 부끄러움을 타는 반응을 보였다.

 저기, 눈이 웃고 있지 않다고…….

 주위에 있는 동료들이 「꺄아~ 꺄아~」, 「꽤 하네」라고 놀리는 말을 던졌지만 나는 두려움에 사로잡혔다.

 나를 둘러싼 서큐버스의 숨결이 볼과 목덜미에 닿을 때마다 묘한 기분이 들었으나, 나를 향한 그녀들의 눈을 볼 때마다 마음이 차갑게 식었다.

 "너희들 전부 눈이 웃고 있지 않아서 무섭거든?! 괜히 체면 차리지 말고 빨리 본론으로 들어가자고!"

 "그런가요? 실은 더스트 씨에게 부탁이 있어요."

서큐버스들은 나와 더욱 몸을 밀착시켰다.

노출도 높은 옷을 입은 미인들에게 이런 육탄 돌격을 당한다면 기뻐야 정상이지만, 다른 꿍꿍이가 있는 게 뻔히 보여서 솔직하게 기뻐할 수 없었다.

8

그 후에 길드에 가보니 루나가 서둘러 안락 소녀를 퇴치해주면 포상금을 더 챙겨주겠다고 말해서, 나는 다음 날 새벽에 출발하기로 했다.

나와 동행할 멤버는 융융과 로리 서큐버스, 그리고—.

"더스트 씨! 저 사람들은 누구죠?!"

"너도 몇 번 만난 적 있잖아? 로리 서…… 로리사야."

"로리사 양은 저도 알아요! 그녀 말고 로브를 걸친 저 사람들은 대체 누구죠?!"

융융이 내 어깨를 움켜쥐고 격렬하게 흔들어대니 어지러울 지경이다.

이 녀석은 예상치 못한 일이 일어나면 금방 당황한다니깐.

후드를 깊이 눌러쓴 서큐버스가 십여 명 있을 뿐인데 말이야.

"죄송해요, 융융 씨. 이 사람들은 저의 직장 동료예요. 그 호수 근처에 있는 고향으로 돌아가려던 참인데, 믿음직한 선배 마법사인 융융 씨와 함께 간다면 안전할 것 같아서……. 혹시 폐가 될까요?"

"그, 그렇지 않아요! 미, 믿음직한 선배~. 메구밍도 그런 말은 들은 적이 없을 거야~. 나중에 후니후라 양과 도돈코 양에게 편지로 자랑해야지!"

융융은 몸을 배배 꼬면서 기뻐했다.

간단히 회유했군. 로리 서큐버스는 융융을 부려먹는 법을 터득한 것 같았다.

나 혼자서 이 많은 서큐버스를 지키는 건 어렵지만 융융이 함께 한다면 안심해도 될 것이다. 게다가 이 상황은─.

"완벽한 하렘 파티잖아!"

카즈마도 이 광경을 본다면 부러워하겠지. 나중에 자랑해야겠는걸.

나 말고는 전부 여자다. 게다가 하나같이 미인에 몸매도 좋다. ……로리 서큐버스만 빼고…….

이 녀석도 가슴과 엉덩이가 좀 커진다면 나를 흥분시킬 수 있겠지만 지금은 영락없는 꼬맹이다.

"지금 불쾌한 시선을 느꼈어요."

"기분 탓 아냐?"

큰일 날 뻔했다. 다른 서큐버스와 비교했다는 걸 들킬 뻔했다.

미녀에게 둘러싸인 건 기뻤으나 다들 로브로 몸매를 감추고 있어서 눈보신을 못하는 점이 아쉬웠다. 평소와 같은 옷차림이라면 모험 중에도 천국을 맛볼 수 있을 텐데 말이다.

어젯밤에는 서큐버스들이 얼마나 골치 아픈 부탁을 할지 몰라 전전긍긍했지만 이 뜻밖의 제안을 받아들인 것은 정말 잘했다.

손님을 직접 되찾고 싶으니 동행하고 싶다는 부탁을 받았을 때는 놀랐으나, 다른 몬스터에게 손님을 빼앗기는 것은 서큐버스에게 있어 수치라고 한다.

나도 안락 소녀를 지키고 있는 모험가들에 대한 대처법 때문에 골머리를 썩이고 있었기에 마침 잘 됐다는 생각이 들었다.

"아, 맞다. 받으세요, 더스트 씨. 선금 삼아 달라고 하셨던 술이에요. 알코올 도수가 높으니까, 모험 중에는 마시지 마세요."

"응. 고마워. 이걸로 오늘밤에는 좋은 꿈을 꿀 수 있겠는걸."

나는 건네받은 술을 가방에 넣었다.

"몬스터가 나타나면 저한테 맡겨 주세요. 여러분의 털끝도 못 건드리게 할게요!"

융융은 서큐버스들이 치켜세워주자 기분이 좋아진 것 같았다.

저 모습을 보니 몬스터들을 혼자서 전부 소탕해줄 것이다. 아무래도 이동 중에는 꽤 편하겠군.

"『라이트 오브 세이버』!!!!"

평소보다 기합이 들어간 융융의 마법이 작렬했다.

융융이 일격에 적을 분쇄하자 서큐버스들이 박수갈채를 보냈다. 그리고 융융은 약간 멋쩍어 하면서 돌아왔다.

몬스터와 몇 번 마주치기는 했지만 융융 말고는 아무도 전투에 참가하지 않았다.

"이야~, 진짜 편하네."

"더스트 씨도 좀 나서는 게 어때요?"

내 옆에 있는 로리 서큐버스가 그런 바보 같은 소리를 늘어놓았다.

"어이, 진짜 뭘 모르는구나. 저 녀석은 언제나 혼자서 쓸쓸이 놀거나, 아니면 책이나 읽는다고. 그런데 이렇게 밖으로 데리고 나와서 많은 사람들에게 칭찬을 받는 상황을 제공해줬잖아. 나는 일부러 융융에게 활약할 기회를 양보하고 있는 거야."

"믿기지 않을 정도로 수상쩍은 발언이네요."

과자를 씹어 먹으며 그런 소리를 해봤자 설득력이 없으려나.

서큐버스들에게서 해방된 융융이 싱글벙글 웃으면서 다가왔다. 나도 일단 칭찬을 해둘까. 저 녀석 덕분에 편한 건 사실이니까 말이야.

"수고했어. 괜찮다면 이거라도 먹어."

"고마워요. 더스트 씨가 웬일로 이런 배려를…… 이건 제 간식이잖아요?!"

"저 가방 안에서 꺼내 먹었을 뿐이야."

"저건 제 짐이잖아요! 여성의 가방을 멋대로 뒤지다니, 대체 신경이 어떻게 되어먹은 거예요?! 갈아입을 옷이나 속옷 같은 것도 들어있단 말이에요!"

"당일치기인데 속옷이나 갈아입을 옷이 왜 필요하냐고. 그리고 어린애 속옷에는 흥미 없어."

융융의 불평을 한 귀로 흘려듣고 걸음을 옮기다보니 호수가 보이기 시작했다.

오늘은 호숫가에서 물을 긷고 있는 남성 삼인조가 보였다. 아직 꽤 떨어져 있어서 세세한 부분까지는 보이지 않았지만 옷차림을 보니 모험가라기보다 산적 같아 보였다.

"으음~, 어디서 본 적이 있는 것 같은 녀석들이네."

눈을 가늘게 뜨며 살펴봤지만 너무 멀어서 잘 보이지 않았다.

그 삼인조는 통에 물을 담더니 그것을 들고 숲으로 걸어 갔다.

"저기, 제 말을 듣고 있나요?! ……웃기는 표정으로 뭘 그렇게 쳐다보고 있는 거죠?"

"저기 있는 삼인조 말인데, 어디서 본 적이 있는 것 같아서 말이야."

"방금 숲에 들어간 사람 말인가요. 저는 뒷모습만 봐서 모르겠네요."

"저는 왠지 낯이 익던데…… 으음."

융융은 제대로 못 본 것 같지만 로리 서큐버스는 나와 같은 반응을 보였다.

서큐버스 가게의 단골 모험가일까.

주위를 둘러보니 다른 이들이 드문드문 보였다. 상대방도 우리를 발견한 건지 이쪽을 쳐다보고 있었다.

놀란 표정을 짓고 있는 건 로브를 걸친 서큐버스들의 기묘한 모습 때문일 것이다. 전혀 모험가 같아 보이지 않는 집단이니까. 겉모습만 보면 수상한 종교 단체처럼 보이리라.

"우선 전에 봤던 장소에 가볼까?"

"아, 그러고 보니 들떠서 물어보는 걸 깜빡했는데 말이에요. 대체 어떤 몬스터를 없애러 온 건가요? 이렇게 아름다운 호수에 사는 몬스터라면…… 서, 설마 파오리는 아니죠?! 메구밍 같은 짓은 하지 마세요!"

융융이 절박한 표정을 짓고 나에게 따졌다.

동요한 이유는 모르겠지만 일단 진정부터 시켜야겠다.

"우리 표적은 파오리가 아냐. 저기, 뭐냐. 그거야, 그거. 식물계 몬스터인데, 인간을 유혹해서 양분으로 삼는 사악한 녀석이지."

나는 거짓말을 하지 않았다.

"그, 그렇게 무서운 적인가요."

"겉모습에 속으면 안 돼요. 그건 저희의 동종 업계 라이벌인 악녀예요! 청순한 척 하는 걸레라고요!"

로리 서큐버스가 단호한 어조로 그렇게 말하자 뒤편에 있는 서큐버스들이 힘차게 고개를 끄덕였다.

이 녀석들한테 있어서는 자기 손님을 빼앗아 가는 라이벌일 것이다.

"동종 업계 라이벌? 악녀?"

융융은 영문을 모르겠는지 약간 혼란스러워했다.

설명을 했다간 불평을 늘어놓을 게 뻔해서 그냥 이대로 데려가기로 했다.

호수 외곽을 따라 반원을 그리며 걸어간 우리가 숲 입구로 향한 순간, 느닷없이 사람들이 튀어나왔다.

"여기서부터는 통행금지다."

갑옷을 걸친 남자들 십여 명이 우리를 막아서듯 줄지어 섰다.

"너희들, 여기서 뭘 하고 있는 거야?"

"어? 길드에서 본 적이 있는 사람들이네요."

언제나 길드에 눌러앉아서 지내던 융융이 그들을 알아보는 것도 무리는 아니다. 다들 안락 소녀를 제거하러 갔다가 돌아오지 않은 모험가들이니까 말이다.

로리 서큐버스의 이야기는 거짓말이 아니었던 건가.

"윽, 양아치 데스트잖아."

"이 녀석이라면 주저 없이 해치우고도 남아."

"돈만 주면 여자라도 죽일 것처럼 생겼잖아."

"당사자 앞에서 그딴 험담을 늘어놓지 말라고!"

그 면상, 기억했어. 다음에 길드에서 말도 안 되는 헛소문을 퍼뜨려주마.

나는 분노에 사로잡혀 달려들려고 했으나 수적으로 너무 열세였다. 서큐버스 일행은 도움이 되지 않을 것이다. 이렇게 되면 우리의 외톨이 아가씨를 부추겨볼까.

"좋아, 융융. 네 특기인 마법으로 저 녀석들을 날려버려."

"자, 잠깐만요! 여러분은 모험가죠? 저기, 저희는 몬스터를 퇴치하러 왔을 뿐이에요. 그러니 보내주시면 안 될까요?"

"그 말을 들었으니 더 보내줄 수 없지. 정 지나가고 싶으면 우리를 쓰러뜨리고 지나가라고."

이 녀석들, 완전히 안락 소녀에게 이용당하고 있잖아.

융융이 마법을 날리면 간단히 해결되겠지만―.

"데스트 씨, 대체 어떻게 된 거죠? 저 사람들이 왜 몬스터를 감싸는……."

"저 녀석들은 마법으로 조종당하고 있는 거야. 매료에 걸려 몬스터의 수하가 된 바람에, 우리를 방해하는 거지."

"저, 정말 비열하군요! 용서 못해요!"

너무 간단히 속아 넘어간 융융의 장래가 걱정되지만 지금은 이용해 먹기로 했다.

"너희는 몬스터에게 이용당하는 게 부끄럽지도 않은 거냐? 모험가라는 녀석들이 제거 대상의 넋두리에 속아 넘어가서……. 하아~ 모험가의 수치네."

나는 눈앞에 있는 녀석들을 바보 취급하듯 한숨을 내쉬고 어깨를 으쓱했다.

내 도발에 걸려든 몇 명이 얼굴을 새빨갛게 붉히며 언성을 높였다.

"너한테는 그런 소리 듣고 싶지 않다고!"

"너야말로 길드의 오점이잖아!"

"네가 성희롱과 문제 행위만 일삼는 바람에, 길드 직원인 루나 씨의 그 풍만한 가슴이 얼마나 아팠는지 알긴 하냐!"

이 녀석들, 마물이나 지키고 있는 주제에 감히 나한테 독설을 퍼부어?

"원만하게 해결하고 넘어가려고 했는데, 더는 못 봐주겠어. 해치워버려, 외톨이 홍마족! 라이트닝 세이버로 다 썰어버리라고!"

"저를 이상하게 부르지 말라고요!"

내가 바보들을 손가락으로 가리키며 명령을 내렸지만 융융은 내 말을 따르지 않았다.

융융은 안절부절못하기만 하고 전혀 도움이 되지 않았다. 그렇게 교착 상태가 이어졌다.

내가 선제공격을 해서 적과 아군이 뒤엉킨 혼전을 일으키면 융융도 어쩔 수 없이 마법을 쓰지 않을까?

내가 각오를 다진 후 나서려고 한 순간, 누군가가 내 어깨를 잡았다.

"저 사람들은 저희가 맡을 테니, 더스트 씨는 융융 씨와 함께 먼저 가세요!"

고개를 돌리자 로리 서큐버스가 각오에 찬 표정을 짓고 그렇게 말했다.

맞아. 이 녀석들은 모험가들을 데려가려고 나와 함께 여기까지 온 거였지.

"맡겨도 되지?"

"예!"

저렇게까지 말하는 걸 보면 자신이 있는 것 같았다.

이 녀석들도 서큐버스들에게 해를 가할 정도로 막 나가지는 않으리라.

"좋아. 융융, 여기는 쟤들에게 맡기고 우리는 먼저 가자!"

"자, 잠깐만요! 저 사람들은 전투에는 도움이 안 된다면서요?!"

나는 융융의 손을 움켜쥐고 그대로 뛰려고 했으나 그녀가 저항했다.

이 상황에서 차근차근 설명을 하며 설득하는 것도 귀찮으니까, 그냥 적당히 거짓말로 둘러댈까.

"아~, 사실 쟤들은 저 녀석들이 돌아오지 않아서 걱정하던 아내와 애인들이야. 남편과 연인을 다시 데려가는 게 목적이지. 가족으로서 부끄러운 일이라 너한테 밝히지 못하겠다고 해서 둘러댔던 거야. 미안해."

"그랬군요……. 알았어요. 그럼 저 사람들을 조종하고 있는 몬스터를 빨리 해치워서, 세뇌를 풀어주죠!"

융융은 내 손을 뿌리치더니 숲을 향해 전력으로 뛰어갔다.

정의감이 강한 건 좋지만 그렇게 의심할 줄을 몰라서야 나쁜 남자한테 이용당할 거라고. 내가 선량한 남자라 다행인 줄 알아.

나는 허둥지둥 융융을 쫓아가려고 했는데 또 모험가들이 내 앞을 막아섰다.

"저 애는 상냥하니 괜찮겠지만, 너는 보내줄 수 없어."

확실히, 융융 혼자라면 안락 소녀에게 회유당할 게 불 보듯 뻔했다.

이 녀석들을 어떻게든 돌파해서 쫓아가지 않으면 큰일 날지도 몰라. 눈앞에 있는 녀석을 쓰러뜨린 다음, 그 틈에 돌파할까?

그런 생각을 하고 있을 때, 천이 부스럭거리는 소리가 내 뒤편에서 들려왔다.

"앗?!"

……이 녀석들이 왜 입을 쩍 벌리고 내 뒤편을 응시하고

있는 거지?

내가 덩달아 돌아보니 그곳에는— 조그마한 천 조각으로 중요한 부위만 겨우겨우 가린 서큐버스들이 있었다.

"""우오오오오오오오!"""

힘찬 함성이 주위에 울려 퍼졌다. 나도 덩달아 고함을 질렀다.

요염한 옷차림으로 섹시한 포즈를 취하고 있는 서큐버스들에게서 눈을 뗄 수가 없었다.

"여러분~. 안락 소녀 따위는 내버려두고, 저희와 함께 액셀 마을로 돌아가요~. 그렇게 해주신다면 반년 동안 30퍼센트 할인해주는 할인권을 선물해 드, 릴, 게, 요."

"만약 저희와 함께 돌아간다면~, 꿈속에서만이 아니라~, 현실에서도~, 엄청~, 서비스해 드릴게요~."

서큐버스들이 허리와 가슴을 흔들며 달콤한 목소리로 그들을 유혹했다.

아아, 젠장. 나도 다 때려치우고 돌아가고 싶네.

모험가들은 입술을 깨물며 필사적으로 서큐버스의 유혹에 저항하고 있었다.

"아, 안 돼. 우리는 저 불쌍한 소녀를 지켜야만 한다고!"

이 녀석들, 혹시 안락 소녀의 본성을 모르는 건가?

"너희들, 지금 무슨 소리를 하는 거야? 여기 있다간 죽을 거라고."

"흥. 바보 같은 소리 하지 마. 우리는 열매를 먹고 있기 때문에 엄청 건강하거든?"

"어이, 설마 안락 소녀의 열매에 영양분이 눈곱만큼도 없어서, 그것만 먹다간 영양부족으로 쇠약해진다는 걸 모르는 거야?"

바보들은 화들짝 놀란 표정으로 나를 쳐다보았다.

그 열매의 환각 작용과 안락 소녀의 말솜씨에 완전히 농락당한 것 같았다.

"헛소리 작작해. 우리는 그런 거짓말에 속아 넘어갈 정도로 어리석지 않아."

"너희는 어리석어. 안락 소녀에 대해 아는 게 전혀 없잖아."

모험가들 전원이 동시에 고개를 갸웃거렸다. 아저씨들이 그래봤자 전혀 귀엽지 않다고. 소름만 돋는단 말이다.

뭐, 모르는 것도 무리는 아냐. 안락 소녀라는 이름은 꽤 유명하지만 실제로 마주친 사람은 많지 않으니까.

나도 이번 일에 얽히기 전에는 안락 소녀에 관해 자세하게 알지는 못했다. 그러니 속는 것도 무리는 아니다.

"그러고 보니 요즘 살이 좀 빠졌는데……."

"몸은 가벼운데 계속 나른해서 좀 이상했는데, 혹시 체중이 줄어서 몸이 가벼워진 거 아냐?"

"허리가 좀 가늘어져서 잘됐다고 생각했는데 말이야"

이제야 자신에게 일어난 이변을 눈치챈 모험가들은 서로

를 쳐다보고 당황했다.

저 녀석들, 진짜로 눈치채지 못했던 거냐.

하지만 동정심과 열매에 들어있는 환각성분 때문에 결심이 서지 않는 건지, 그냥 허둥대기만 했다.

그래도 남자의 본능을 억누를 수는 없는지 서큐버스들에게 서서히 넘어가고 있었다.

지금까지 금욕 생활이 이어졌기 때문에 서큐버스들의 유혹이 엄청난 효과를 발휘하고 있는 것 같았다.

좋아, 그냥 내버려둬도 괜찮을 것 같네.

"멈춰~! 어이, 너희는 이렇게 간단히 그 소녀를 버릴 수 있는 거냐!"

고함을 지르며 모험가들을 말린 이는 후덥지근한 아저씨와, 동료로 보이는 두 사람으로 이뤄진 삼인조였다.

어, 이 녀석들은─.

"또 네놈들이냐!"

"그건 우리가 할 말이다! 왜 매번 아리따운 아동과의 훈훈한 한때를 방해하는 거냐고!"

그렇게 외친 수염 기른 아저씨는 요즘 들어 나와 자주 얽히는 특이 성적 취향 보유자 집단의 두목이었다.

"어이, 로리콤들. 이야기가 복잡해지니까 방해하지 마. 전에 힘을 합쳐서 같이 싸웠던 사이니까, 이번에는 그냥 눈감아주겠어. 그러니 빨리 꺼져."

"흥, 너 같은 할망구 마니아에게는 관심 없어. 다들, 넘어가지 마! 저렇게 피부가 퍼석퍼석해서 물 뿌리면 다 빨아들일 듯한 농익은 여자보다, 순수하고 때 묻지 않은 풋풋한 소녀가 더 매력적이잖아!"

로리콤 두목이 고함을 지르자 서큐버스들이 술렁거렸다.

"저 남자, 정말 무례하네! 확 물어뜯어버릴까?!"

"설익은 과일보다, 농익은 게 더 맛있거든?!"

서큐버스들이 삼인조를 향해 살기를 뿜었다.

그 녀석들은 서큐버스들이 노려보는데도 전혀 동요하지 않고 코웃음을 쳤다.

"저 꼬락서니 좀 보라고. 늙은이는 여유가 없으니까 저렇게 툭하면 화를 내는 거야. 젊은 애였으면 「아저씨들, 참 재미있네~」 하면서 웃었을걸? 너희도 어린 여자애가 더 매력적이라고 생각하지?!"

삼인조는 침을 튀기며 열변을 토했고 모험가들은 그 세 사람에게서 떨어졌다.

"아, 우리는 로리콤은 아니거든."

"그래. 노멀이라고."

삼인조 중 두목의 설득은 역효과만 냈다. 정신을 차린 모험가들은 서큐버스들을 향해 걸어갔다.

모험가 몇 명은 삼인조의 곁에 남았지만 그래도 절반 이상이 돌아선 것이다.

"남아줬구나, 동지여!"

"너의 뜨거운 마음이 우리에게 전해졌어!"

아까 그 말에 동조하는 거냐. 제정신이 아니네.

"아, 더스트 씨. 저 사람들은 저를 항상 지명해주는 단골분들이에요!"

로리 서큐버스가 내 어깨를 두드리더니 삼인조의 곁에 남은 이들을 손가락으로 가리키며 그렇게 말했다.

"아하! 그렇게 된 거구나!"

그러니 서큐버스의 유혹에 넘어가지 않은 것이다. 로리 서큐버스 이외에는 다들 몸매가 끝내주니 저 녀석들의 성적 취향과 완전히 동떨어져 있었다.

그렇다면 이야기는 빠르다.

"어이, 이 자식들아. 우리의 적이 되겠다면, 서큐버스에게 부탁해서 매일 밤 너희가 중년 여성과 농밀하게 뒤엉키는 꿈을 꾸게 만들어 줄 거야. 각오하라고!"

""""잘못했습니다!""""

그 자리에서 무릎을 꿇고 그대로 굴복한 녀석들을 내버려둔 후, 나는 융융을 쫓아갔다.

서둘러야 하는데 쓸데없는 일로 시간을 낭비했잖아. 서두르지 않으면 일이 복잡해질지도 모른다고…….

모험가들을 처리하고 숲속으로 들어가 보니 안락 소녀는 지난번과 같은 장소에 있었다.

여기까지는 괜찮았지만 성가신 녀석이 나를 막아섰다.

"더스트 씨! 이렇게 불쌍한 애를 제거하려는 건가요?! 정말 너무해요! 예전부터 악랄하고 쓰레기 같은 사람이라고 생각했지만, 이렇게 극악무도한 줄은 정말 몰랐다고요!"

"어이, 너무하잖아! 네가 평소에 나를 어떤 식으로 생각했는지, 자~알 알겠네!"

융융이 울먹거리면서 호소했다.

예상을 전혀 벗어나지 않는 전개인지라, 놀랄 마음조차 들지 않았다.

정에 약하고 남에게 쉽게 속는 융융이라면 이렇게 되는 게 당연하거든……

"하아~. 너도 이 외톨이는 속여먹기 정말 쉽다고 생각했지?"

"…………무슨 소리야?"

안락 소녀는 책을 읽는 듯한 말투로 말했다.

식은 죽을 먹는 게 오히려 더 어려울지도 모른다.

"이 소녀는 몬스터지만 사람들에게 안식을 안겨주고 있어요! 평온한 죽음을 갈구하며 찾아온 사람이 숨을 거둘 때까지 함께 있어줄 뿐이잖아요! 나쁜 짓은 전혀 하지 않았단 말이에요!"

"그것만으로도 자살 방조라는 어엿한 죄거든? 게다가 진짜로 죽고 싶어 하는 녀석만 죽이고 있는 거야? 아까 만난 바보들이 네 눈에는 죽고 싶어 하는 것처럼 보였어?"

"어, 저기, 술집에서 항상 즐겁게 떠들어대던 분들인데…… 그, 그런 게 아니지? 그렇지?"

융융은 안락 소녀를 돌아보고 조언을 구했다.

안락 소녀는 울먹거리면서 자신을 믿어달라는 듯 쳐다보았다. 저 눈물은 수액 같은 거겠지.

"언니는 내가 거짓말을 한다고 생각하는구나……. 저렇게 흉흉한 눈빛을 지닌 양아치 같은 사람을 나보다 더 믿는구나……."

"아, 아냐! 나, 하마터면 인간 말종인 더스트 씨의 말에 속을 뻔 했네. 너를 믿을 테니까, 울음을 그치렴!"

융융은 나한테 등을 보이고 돌아서더니 열심히 안락 소녀를 위로했다.

오랫동안 알고지낸 나보다 몬스터의 말을 믿는 거냐. 진짜 너무하네.

여러모로 할 말이 있지만 아무 말 없이 융융에게 다가간 나는 약간 세게 그녀를 때려서 기절시켰다.

"으윽."

아까 발언을 듣고 짜증이 나서 이런 건 아니다.

나는 지면에 쓰러진 융융을 약간 떨어진 곳으로 옮겼다.

"뭐, 뭐하는 거죠?! 어, 동료인 여자애를 때린 거예요?!"

"이 녀석이 있으면 일이 성가셔지니까 기절시켰을 뿐이야. 자, 이제 단둘뿐이네."

"히익, 여, 연약한 여자애한테 무슨 짓을 하려는 거죠?! 설마 몬스터에게도 파렴치한 짓을 하는 건가요?! 여자에게 인기가 없다고 이렇게 막 나가지 마세요!"

"그런 거 아냐! 그리고 너는 어린애로 위장한 몬스터잖아. 나는 다른 녀석들과 다르니까, 정에 호소해봤자 부질없다고."

겉모습은 인간과 비슷하지만 이 녀석은 틀림없는 괴물이다.

이 녀석이 하는 짓거리가 전부 연기라는 것을 알기에 동요하지도 않았다.

"사, 살려줘요~! 이 인간쓰레기의 대표 같은 남자가 저를 범하려고 해요~!"

"누가 인간쓰레기의 대표라는 거야?! 그렇게 고함질러봤자 소용없어. 네가 매료한 녀석들은 전부 꿈나라에서 서큐버스와 시시덕거리고 있을 걸?"

"어, 서큐버스도 온 거야?! 그 녀석들, 남자가 얽힌 일이면 낯빛이 싹 바뀌는데!"

안락 소녀는 겁먹은 표정으로 주위를 둘러보았다. 방금까지는 약간 혀 짧은 목소리로 말을 했는데, 이제는 그런 연기를 할 여유도 없는 것 같았다.

서큐버스가 안락 소녀를 질색하듯, 이 녀석도 서큐버스를 거북하게 여기는 걸까.

반응을 보아하니, 아까 그 녀석들이 서큐버스의 손님이라는 것을 알고 있었나 보네. 그렇다면 이 방법이 먹힐지도 모르겠는걸.

"서큐버스의 손님을 빼앗은 건 네 실수야. 그 녀석들이 여기까지 몰려오면, 너는 어떻게 되려나? 보는 내가 질릴 정도로 화가 났던데 말이야~."

"히이이이익! 저, 저기, 멋진 오빠. 서큐버스와 아는 사이면, 저한테 해를 끼치지 않도록 말려주지 않겠어요?"

"어떻게 할까~. 뭐, 내 조건을 받아들인다면 한 번 생각해볼 수도 있어."

"제, 제가 할 수 있는 일이 있다면 뭐든 말해 보세요!"

지금이라면 무슨 말을 하든 순순히 따를 것 같았다.

우선 나리의 의뢰부터 마무리 짓도록 할까.

"우선 일전에 네가 줬던 그 열매 말인데, 혹시 며칠 정도 상하지 않게 만들 수는 없어? 가지고 돌아가서 살펴보니 말라비틀어졌더라고."

"아, 그거 말이군요. 그건 제가 조절하면 일주일 정도 신선하도록 만들 수 있어요. 몇 개나 필요하세요? 요즘 영양분을 대량으로 얻었으니, 스무 개 정도는 거뜬해요!"

"……그럼, 그 만큼 내놔봐."

"예, 알았어요!"

안락 소녀는 몸에서 자라난 열매를 아무렇지 않게 땄다. 전에는 약간 아픈 척 했지만 지금은 전혀 그러지 않았다. 그것도 연기였던 걸까.

나는 나리에게서 받은 쿨러박스에 열매를 전부 넣었다. 그것은 식료품이 오랫동안 상하지 않게 하는 마도구다.

"그럼 이제 서큐버스가 저를 해치지 못하도록 말려줄 거죠?"

"으음~, 그게 무슨 소리야?"

"어, 아까 약속했잖아요! 설마 나를 속인 거야?!"

"남들이 듣고 오해할 소리는 하지 말라고. 나는 서큐버스를 말릴지 말지 한 번 생각해보겠다고만 말했거든? 게다가 속인 건 피차일반이잖아. 너를 해치우면 퇴치 보수도 받을 수 있으니까, 일석이조라고."

나는 검을 뽑아든 후 망연자실한 표정을 짓고 있는 안락 소녀에게 다가갔다.

"비, 비겁해! 변태, 쓰레기, 진드기, 폐기물, 똥! 여자한테 인기 있었던 적이 한 번도 없을 것 같아! 베개에서 이상한 냄새 날 것 같아! 생리적으로 받아들이지 못하게 생겼네! 존재 그 자체가 변태야! 주위 사람들한테 언젠가 범죄를 저지를 것처럼 생겼다는 말을 들은 적 있지?!"

"시끄러워어어어엇!"

나는 본성을 드러내며 독설을 퍼부어대는 안락 소녀를 향해 인정사정없이 검을 휘둘렀다.

"하아암. 어? 내가 여기서 뭘…… 아앗, 아까 그 소녀는……?!"

눈을 뜨자마자 되게 시끄럽게 떠들어대네.

입가에 침 흔적이 남아있는 융융이 몸을 벌떡 일으키더니, 목이 부러지는 건 아닐까 싶을 정도로 정신없이 고개를 돌리면서 안락 소녀를 찾았다.

"퇴치했어."

"예에에에엣?! 마, 맙소사! 아무리 몬스터라고 해도, 진짜로 해치우다니……. 대체 인간의 마음을 어디에 두고 온 거예요?! 요즘 들어 조금 다시 봤는데……! 전에 빌려줬던 돈, 갚으세요!"

"너 말이야……. 그 녀석은 인간을 속여서 쇠약사시킨 다음, 시체를 양분으로 삼아서 살아가는 몬스터라고. 안락 소녀의 발밑에 시체가 묻혀 있다는 것도 모르는 거냐? 하아, 외모와 말투에 속지 말라고."

"하, 하지만……. 어, 더스트 씨. 이런 곳에 빈 술병이 굴러다니고 있네요."

"안락 소녀 퇴치를 축하할 겸 내가 마신 거야. 자, 볼일 마쳤으니까 돌아가자."

나는 아직도 불평을 늘어놓고 있는 융융의 손을 잡아당겨서 일으켜준 후 서큐버스들이 있는 곳으로 돌아가려고 했다.

"어라, 이쪽 지면이 젖은 것 같은데요? 그리고 더스트 씨의 몸에서 술 냄새가 나지 않아요."

융융은 젖은 지면을 쳐다보며 코를 킁킁거렸다.

"잠에서 깬지 얼마 안 되서 후각이 이상해진 거겠지."

안락 소녀 밑에 잠들어 있는 모험가가 진정으로 죽음을 원한 건지는 알 수 없지만 그들의 넋을 기릴 겸 술 정도는 바쳐도 괜찮을 것이다.

저 왕도에서 탐색을

1

"카즈마~, 한가하니까 술이나 마시러 가자! 물론 네 돈으로 말이야!"

나는 저택의 문을 열어젖히고 카즈마를 찾았지만 코타츠라는 이름의 난방기구 안에 들어가 있는 아쿠아, 그리고 검은 고양이를 쓰다듬고 있는 폭렬걸밖에 없었다.

"저기, 추우니까 빨리 문 닫아! 으음…… 이름이 쓰레기 맞지?"

"더스트야! 이제 그만 외우라고! 요즘 꽤 자주 얽혔잖아!"

함께 모험도 했고 나를 소생시킨 적도 있지만, 이 연회 프리스트는 내 이름을 외울 생각이 없는 것 같았다.

나는 문을 닫은 후 전부터 관심이 있던 코타츠 안에 발을 집어넣었다.

"우, 우와. 이거 장난 아니네……."

다리가 서서히 따뜻해지는 게 정말 기분 좋았다. 순식간에 꼼짝도 하기 싫어졌다.

"흐, 흐응~. 너도 코타츠에 완전 빠져버린 것 같네. 하긴, 이 유혹을 이겨낼 수 있는 사람은 없을 거야."

"그래. 무리야. 진짜, 꼼짝도 못하겠어……."

코타츠의 테이블에 엎드리니 아무것도 하기 싫어졌다.

이대로 평생 농땡이나 치면서 살고 싶네~.

"실은 카즈마를 꼬드겨서 술 마시러 가려고 온 것 아니었 나요?"

"맞아. 하지만 이제 만사가 귀찮아졌어."

지금은 이 코타츠의 마력에서 벗어날 수가 없었다. 나도 가지고 싶지만 꽤 비쌀 것 같고, 린이 화내겠지. 안 그래도 얼마 안 되는 내 의욕이 바닥나버릴 거라면서 말이야.

"이 코타츠는 내 영역이니까 원래 너 같은 건 못 들어오게 하겠지만, 재미있는 이야기라도 해준다면 한 번 생각해볼게."

"이건 카즈마의 물건이라고 들었거든?"

"카즈마의 물건은 내 물건이야! 동료의 물건은 내 물건, 내 물건은 내 물건이란 말이야!"

"아, 그 심정은 완벽하게 이해해!"

내가 동의하면서 고개를 끄덕이자 아쿠아는 기쁘다는 듯 웃음을 흘렸다.

"그런 걸로 교감하지 말아주세요. 볼일이 없으면 빨리 돌아가 줬으면 좋겠네요. 요즘 들어 카즈마가 당신의 영향을 받아서 나쁜 놀이에 빠진 것 같으니까, 너무 붙어 다니지 말아주세요."

폭렬걸이 어이없다는 말투로 그렇게 말하고 나를 도끼눈으로 쳐다보았다.

이 녀석은 폭렬마법과 홍마족 특유의 기행만 빼면 꽤 멀쩡한 편인데 말이야. 뭐, 그 결점이 어마어마하게 크지.

"어이어이, 남들이 그런 소리를 들으면 오해할 거라고. 술집을 알려주기는 했지만, 나쁜 놀이 쪽의 재능은 나보다 카즈마가 더 뛰어나단 말이야! 내 절친은 그런 쪽으로 완전 천재야!"

기억력이 좋고 손재주가 좋아서 그런지 카즈마는 뭐든 손쉽게 해냈다.

운도 좋아서 도박도 잘했다. 나처럼 운이 나쁜 녀석은 진짜로 본받고 싶다니깐.

"그래서 더 걱정인 거라고요……."

"네가 무슨 마누라냐. 남자가 하는 일에 사사건건 간섭하면 미움 받는다고."

"으윽."

자신이 참견이 심하다는 것을 자각하고 있는 건지 폭렬걸은 입을 다물었다.

좋아~. 이제 이 코타츠 안에서 느긋하게 시간을 보낼 수 있겠군.

"저기~. 빨리 재미있는 이야기 좀 해봐. 나 지금 심심하단 말이야~."

코타츠 안에서 발을 버둥거리지 말라고. 네가 무슨 애냐.

툭하면 말도 안 되는 억지를 부리는 문제아라는 건 알고 있었지만 카즈마는 이런 녀석을 매일같이 상대하고 있는 거구나. 진짜 고생이 많은걸.

그냥 무시해도 되겠지만 이 녀석이라면 진짜로 나를 쫓아내려 할지도 모른다.

"으음, 재미있는 이야기라. 아, 맞다. 요즘 들어서 든 생각인데, 에리스 교도는 전체적으로 가슴이 작은 편인 것 같지 않아? 교회 녀석들도 그렇고, 카즈마에게 팬티를 빼앗겼던 크리스라는 도적도 가슴이 있는지 없는지 분간이 안 되는 수준이잖아. 어쩌면 거기에는 이유가 있을지도 모른다는 생각이 들었어."

"재미있을 것 같은 이야기네! 그래서? 그래서?!"

상상했던 것보다 훨씬 반응이 좋았다.

아쿠시즈교와 에리스교는 사이가 나쁜 것으로 유명하니 이런 이야기가 먹힐 거라고 생각하기는 했지만, 이 정도로 반응이 좋을 줄은 몰랐다.

"나는 예전에 여신 에리스를 만난 적이 있어서 아는 건데, 여신 에리스는 가슴에 뽕패드를 넣은 것 같더라고. 자연스럽게 자라난 가슴은 옷 너머로 봐도 그 부드러움이 느껴지거든. 이렇게, 확 움켜쥐고 싶어! 하는 생각이 들게 하는 약

동감이 있어."

"완전 저질스러운 발언이네. 뭐, 좋아. 계속해봐."

"그 가슴에서는 부드러움과 온기가 느껴지지 않았어. 초상화 속의 여신 에리스는 가슴이 풍만하지만, 그건 사기야. 에리스교의 신도는 그걸 마음 한편으로 느끼고 있는 거야. 작아도 돼, 가슴을 위장해도 용서된다, 하고 말이지. 그래서 자연스럽게 가슴이 작은 애들이 에리스교에 모여드는 거야."

"맞아, 그게 틀림없어! 그럼 아쿠시즈교에 들어가면 가슴이 커진다는 식으로 선전하면 신도들을 빼앗을 수 있을지도 모르겠네! 아쿠시즈교의 다음 집회 때 방금 그 이야기를 해줘야겠어!"

말이 통하는 아쿠아가 손을 내밀었고 나도 마주 손을 내밀어서 악수를 했다.

오늘, 유익한 이야기를 나눠서 참 기쁜걸.

"하지만 에리스교의 열렬한 신도이기도 한 다크니스는 가슴이 큰데요?"

이야기가 깔끔하게 마무리되려던 순간, 폭렬걸이 괜한 소리를 늘어놓았다.

"무슨 일에든 예외는 존재해. 정신 상태가 멀쩡한 홍마족이 있는가 하면, 가슴이 작고 정신이 나간 홍마족도 있잖아."

나는 사람 사귀는 게 서툴고 외톨이 생활에 익숙해져버린 어느 홍마족을 떠올렸다.

"호오, 누구의 가슴이 작고 정신이 나갔다고 말한 건지 어디 한 번 이야기해보시죠!"

"저기, 메구밍! 저택 안에서 익스플로전은 안 돼! 내가 아껴둔 술이 전부 박살날 거야!"

눈이 새빨개진 메구밍이 영창을 시작했고 도망치는 편이 좋겠다는 현명한 판단을 내린 내가 서둘러 이 저택에서 빠져나갔다.

안전한 장소까지 이동한 후에 뒤를 돌아보니 폭렬마법이 발사되지는 않았다.

아무래도 나름대로 자제를 한 것 같았다. 코타츠를 좀 더 즐기고 싶었지만 이렇게 되면 어쩔 수 없다. 다음 기회를 노려봐야지.

"으음~, 카즈마가 없으니 심심하네."

돈이 없어서 심심풀이 삼아 대로를 걷다 보니 내 취향의 몸매를 지닌 여자를 발견했다.

요즘 들어 개성적인 녀석들과 계속 얽혀서 그런지 때로는 평범한 여자애와 같이 식사라도 하고 싶어졌다.

"오랜만에 헌팅이나 해볼까. 돈은 없는데 여러모로 바빴잖아. 진지해 보이는 여자니까 예의 그 방법으로 헌팅을 해봐야지."

나는 상대방이 나아가는 방향을 예상하면서 정면에서 다가갔다.

상대방은 다른 일에 정신이 팔렸는지 나를 발견하지 못했다. 나는 몸을 옆으로 기울이며 부딪친 후 그대로 과장스럽게 넘어졌다.

"괘, 괜찮으세요?!"

"아야야야얏! 다리뼈가 부러졌네! 어이, 어떻게 책임질 거야?"

"어, 하지만 뼈가 부러질 정도로 세게 부딪치지는 않았는데……"

동요했지만 의외로 차분한걸.

아무래도 좀 세게 나가야겠군.

"이거 꼼짝도 못하겠네. 위자료 삼아 밥이라도 사달라고."

"뼈가 부러졌는데 밥을 먹을 수 있겠어요?"

걸려들었군. 나쁜 짓을 했다는 죄책감을 심어주기 위해 호들갑을 떤 다음, 사죄 삼아 별것 아닌 걸 요구하면 상대방은 의외로 간단히 그 요구를 들어준다.

이대로 일이 잘만 풀린다면—.

"거기 계신 수상쩍은 분! 지금 뭘 하는 거죠?!"

갑자기 꼬맹이의 목소리가 들려서 고개를 돌려보니 서민 복장을 입은 소녀가 나를 손가락으로 가리키고 있었다.

그런 점만 보면 정의감이 강한 꼬맹이 같았으나 그게 전부가 아닌 것 같았다.

"클레어, 이렇게 하면 돼죠?"

"예, 이리스 님. 완벽합니다."

흰색 정장 차림에 머리카락이 짧은 여자가 박수를 치며 그 꼬맹이를 추켜세우고 있었다.

"두 분 다 남들 눈에 띄는 짓은 자제해 주세요!"

그리고 일행이 한 명 더 있는 것 같았다. 그 녀석은 마법사 같은 복장에 수수한 인상을 지녔고 여러모로 마음 고생을 심하게 할 듯한 여자였다.

세 사람 다 금발이며 파란 눈동자를 지녔다. 이 녀석들, 귀족이네.

게다가 잘난 척을 하고 있는 저 꼬맹이는 왠지 눈에 익었다. 어디서 본 건지는 생각이 나지 않지만……

"성가신 녀석들이 나한테 시비를 거네……"

"당신이 먼저 저 여성분에게 시비를 걸었잖아요! 벌건 대낮에 이런 악랄한 짓을 벌이다니……! 치리멘돈야#1의 손녀인 제 눈에 흙이 들어오기 전에는 두고 볼 수 없어요! 아, 진짜로 눈에 흙이 들어오더라도 두고 보지는 않을 거예요! 이건 어디까지나 비유니까요! 그럼 클레어, 레인! 해치워버리세요!"

"치리멘돈야가 뭐야?"

"치리멘돈야는 치리멘돈야예요!"

#1 치리멘돈야(縮緬問屋) 견직물의 일종인 치리멘을 파는 상인. 또한, 일본의 암행어사격 존재라 할 수 있는 「미토 코몬」이 신분을 위장할 때 이 직업을 자칭했다.

이 녀석은 내 말을 전혀 듣고 있지 않네.

흰색 정장을 입은 여자도 서슴없이 검을 뽑아들었어!

"잠깐만 있어봐! 나는 그냥 같이 밥을 먹자…… 어, 나리?!"

유심히 보니까 세 사람의 뒤편에는 눈에 익은 가면을 쓴 턱시도 차림의 나리가 있었다.

왜 바닐 나리가 이 세 여자애와 같이 다니고 있는 거지?

잘은 모르겠지만 지금은 바닐 나리를 이용해서 이 위기를 벗어날 수밖에 없다. 귀족에게 맞섰다간 일이 귀찮아질 테니까 말이다.

"나는 그저 헌팅을 했을 뿐이야! 나리가 이 녀석들에게 설명 좀 해줘!"

"하치베, 이 무법자와 아는 사이인가요?"

"아뇨, 처음 보는 사람입니다."

기묘한 호칭으로 불린 바닐 나리는 딱 잘라 부정했다.

그러자 꼬맹이는 다시 나를 손가락으로 가리켰다.

"악당에게 천벌을 내려서, 오라버니에게 인정받을 거예요!"

"자, 잠깐만, 나리! 너무하잖아! 어이, 젠장, 두고 보자!"

나리를 적으로 돌리는 건 무모하다고 판단한 나는 그대로 내빼려 했으나 나리에게 너무 정신이 팔려 있었다.

클레어라 불린 여자가 날린 일격을 정통으로 맞고 쓰러진 나는 그대로 두들겨 맞았다. 그리고 정신을 차려보니 눈에 익은 장소에 있었다. 바로— 감옥이다.

"네가 감옥에 없을 때 위화감이 느껴지기 시작했어……."

"내가 없어서 쓸쓸했던 거 아냐?"

내가 평소와 마찬가지로 간수에게 농담을 건네자 그 간수는 쇠창살을 걷어찼다.

하지만 그 정도로 겁먹을 내가 아니다. 나는 간수를 무시하고 바닥에 벌러덩 드러누웠다.

"어이~, 점심은 언제 주는 거야? 한 며칠 동안 제대로 된 걸 못 먹었으니까, 맛있고 양도 많은 음식을 달라고! 식후 디저트도 빼먹지 마!"

간수는 대답을 하지 않았지만 이렇게 해두면 식사 때 나오는 요리의 질과 양이 아주 약간 좋아진다는 건 이미 파악하고 있었다.

나는 딱히 할 일이 없기에 일단 잠이나 자기로 했다. 어차피 내일이면 석방될 테니까…….

2

"이 바보가 항상 폐를 끼쳐 죄송해요!"

"하하하, 항상 고생이 많네."

린이 경찰서 앞에서 몇 번이나 고개를 숙였고 경찰관은 쓴웃음을 지었다.

몇 번이나 봐서 익숙해진 광경이군.

"신세졌어. 또 올게."

"두 번 다시 오지 마라! 여긴 네 단골 요릿집이 아니란 말이다!"

"너, 도, 고, 개, 숙, 여!"

린은 내 뒤통수를 움켜잡고 억지로 고개를 숙이게 했다.

이 상황에서 저항을 했다간 두 번 다시 내 신원 보증인이 되어주지 않을 테니 일단 순순히 따랐다.

린은 불만으로 가득 찬 표정을 지으며 나와 나란히 걸었다. 좀 칭찬이라도 해서 비위를 맞춰주도록 할까.

"어이어이, 예쁜 얼굴로 그렇게 인상 쓰지 좀 말라고."

"비위를 맞출 거면 좀 제대로 맞추는 게 어때? 정말…… 하아. 그런데 이번에는 어쩌다 체포된 거야?"

"그게 말이야. 금발여자 삼인조가 내가 헌팅을 하는 걸 방해한 걸로 모자라 느닷없이 두들겨 패더니, 그대로 경찰을 부르더라고. 나는 아무 잘못도 안 했는데 말이야."

내가 있는 그대로 이야기하자, 린은 미간을 찌푸리고 나를 응시…… 아니, 노려보았다.

눈곱만큼도 믿지 않나 보네.

"진짜야! 나리도 그 자리에 있었으니까, 거짓말이라고 생각하면 찾아가서 물어보라고!"

"나리라면 바닐 씨를 말하는 거지? 나, 그 사람은 좀 거북해. 뭐든 다 꿰뚫어보고 있는 느낌이 들거든."

본능적으로 나리의 능력을 눈치챈 린은 약간 거북한 표정을 지으며 미간을 찌푸렸다.

　나리는 내다보는 힘을 지녔으니까 린이 한 말은 틀리지 않을지도 모른다.

　"그럼 어쩔 수 없지. 어제 일에 대해 물어보는 김에 겸사겸사 안락 소녀 건의 추가 보수를 받으러 갈 건데, 나 혼자 가야겠는걸."

　기본적으로 보수의 수령은 테일러나 린이 하지만 이번에는 피치 못할 사정 때문에 내가 받으러 갈 수밖에 없다.

　보수를 좀 빼돌려도 걸리지 않을 것이다. 아, 이 돈으로 도박을 해서 몇 배로 불린다면 다른 녀석들도 기뻐할까.

　내가 어떤 도박을 하러 갈지 생각하고 있을 때, 린이 내 어깨를 움켜잡았다.

　"그것과 이건 이야기가 달라. 너와 키스에게 돈을 맡기는 건, 암컷 오크에게 남자를 하룻밤 맡기는 거나 다름없거든. 나도 같이 갈래."

　"눈곱만큼도 나를 신용하지 않나 보네. 뭐, 좋아."

　나리가 어제 내가 뒤집어쓴 누명에 대해 린에게 설명해 줄 테니 차라리 잘된 걸지도 모른다.

　내 말은 신용하지 않더라도 나리의 말이라면 린도 납득할 테니까.

"나리, 돈 받으러 왔어."

"너, 예의라는 걸 좀 갖추는 게 어때?!"

자주 들러서 익숙해진 마도구점의 문을 열어젖히자 가게 안에 있던 위즈가 화들짝 놀라면서 겁먹은 눈길로 나를 쳐 다보았다.

그리고 내 얼굴을 보더니 안도의 한숨을 내쉬었다.

"휴우, 더스트 씨였군요. 깜짝 놀랐어요. 그리고 귀여운 아가씨와 같이 오셨군요."

"처, 처음 뵙겠습니다. 린이라고 해요."

린은 평소와 다르게 공손히 인사를 건넸다.

말투도 신경 쓰였지만 약간 빨개진 볼도 신경 쓰였다.

"어이, 방약무인한 평소의 태도는 대체 어디 간 거야?"

"그건 내가 아니라 너잖아! 혹시 모르는 거야? 위즈 씨는 모험가 시절에 얼음 마녀라 불리는 실력파 위저드였어. 몬스 터를 인정사정없이 무자비하게 사냥했고, 마왕성에 홀로 쳐 들어간다고 하는 전설까지 세운 사람이야!"

"뭐, 모험가였다는 건 알고 있었지만 그 정도인 줄은 몰랐네."

나리에게 꾸중을 듣는 한심한 모습을 자주 본 바람에 그 런 건 완전히 깜빡했다.

그리고 보니 디스트로이어와 싸울 때도 폭렬걸과 함께 폭 렬마법을 날렸지.

"전부 옛날일이에요. 그런데 무슨 볼일이시죠? 빚쟁이가 온 줄 알고 긴장해버렸네요."

"이 가게는 바닐 나리 덕분에 장사가 잘되고 있는 거 아니었어?"

"예. 카즈마 씨가 고안한 상품 덕분이죠."

"그럼 빚쟁이 때문에 덜덜 떨 필요는 없는 거 아냐?"

그 이전에 빚쟁이를 두려워한다는 것 자체를 나는 이해할 수 없었다.

적당히 기한을 늘려가다가 힘으로 협박을 하면 박살을 내주면 되니까 말이다.

"옛날 버릇이 아직 남아 있나 봐요. 예전에는 경영난 때문에 빚도 많이 졌거든요. 지금은 바닐 씨가 힘써주고 있으니 마음을 놔도 되는데 말이죠."

위즈가 그렇게 말하고 환하게 웃는 모습을 보자, 나는 한순간 가슴이 두근거렸다.

미인에, 몸매가 끝내줄 뿐만 아니라, 인상도 좋다. 이렇게 끝내주는 신붓감인 위즈가 아직도 홀몸인 게 불가사의할 지경이다.

가슴은 린이 상대도 안 될 수준인데…….

"……바보 같은 표정 좀 짓지 마."

"커억! 사람 옆구리에 팔꿈치를 꽂지 말라고!"

나는 옆구리에 꽂힌 린의 팔꿈치를 치웠다. 이 녀석은 힘 조절이라는 걸 모르는 걸까.

복수 삼아 엉덩이라도 확 주물러줄까 하고 생각한 바로 그때였다.

"이 몸이 고생해서 번 돈을 대체 어디다 써버린 거냐, 이 폐품 회수 점주여!"

가게 안쪽으로 이어지는 문이 열리더니 바닐 나리가 언짢은 기색을 역력히 드러내며 나타났다.

이 가게의 주인인 위즈는 평소와 마찬가지로 점원인 나리에게 꾸중을 듣고 겁먹은 듯 시선을 피했다.

"무, 무슨 소리를 하시는 거죠~?"

시치미 하나 제대로 못 떼는걸. 또 사고를 친 게 틀림없다. 저 수상쩍은 태도만 봐도 충분히 짐작이 됐다.

"내가 번 돈은 어디다 쓴 건지 물은 거다. 10초 안에 대답하지 않는다면, 지금까지 네가 사들인 폐품과 함께 땅에 묻어주마. 각오하도록."

"진정하세요, 바닐 씨. 저도 같은 실수를 반복하지는 않아요."

평소 같으면 돈을 허튼 곳에 썼다는 게 드러나서 나리에게 혼쭐이 났겠지만 위즈는 당당한 표정으로 나리를 똑바로 쳐다보고 있었다.

뜻밖의 상황에 직면한 나리는 약간 당황했는지 아무 말 없이 위즈를 응시했다.

위즈가 이렇게 자신만만한 건 처음 봐. 이번에는 제대로 이득을 낸 걸까?

"그럼 말해봐라. 내가 납득할 수 있는 내용이라면 사죄하도록 하지."

"알았어요. 저는 바닐 씨를 옆에서 지켜보며 깨달았어요. 그건 바로 제가 혼자서 사들일 물건을 고르니 실패하는 거였어요. 그러니 믿음직한 이와 논의하면서 사들일 물건을 고른다면 아무 문제도 없을 거라는 걸 말이에요……!"

위즈는 주먹을 말아 쥐고 열띤 목소리로 말했다.

그 생각 자체는 옳아. 나리도 그렇게 생각하는 건지, 탄성을 흘리며 고개를 끄덕이고 있네.

"드디어 그걸 눈치챈 건가. 그런데, 누구와 함께 물건을 고른 거지?"

"그게 말이죠! 요즘 들어 자주 가게에 들르시는 아쿠아 님—."

"재가 되어버려라!"

나리의 눈에서 정체불명의 광선이 뿜어져 나왔고 위즈는 그것을 맞더니 연기를 뿜은 뒤 경련을 일으켰다.

나리가 화내는 것도 무리는 아니다. 제멋대로일 뿐만 아니라 연회에 목숨 건 프리스트가 제대로 된 물건을 골랐을 리가 없었다.

카즈마도 아쿠아가 돈을 괜한 데 쓴다며 투덜거릴 정도니까 말이야.

"일전에 그 자칭 여신의 말에 넘어가서 아무 짝에도 쓸모

없는 토지를 사들였던 걸 벌써 잊은 거냐! 앞으로는 그런 녀석과 말도 섞지 마라!"

바닐 나리가 그렇게 외쳤지만 위즈는 이미 기절을 했기 때문에 대답을 하지 못했다.

나리는 분이 풀리지 않는 건지 빗자루를 사용해 위즈를 가게 구석으로 쓸었다.

"저, 저기, 위즈 씨는 괜찮은 거야?"

"자주 있는 일이니까 신경 쓰지 마."

"자주, 있는…… 일?"

이 광경에 익숙하지 않은 린이 겁먹고 내 등 뒤에 숨었다.

아무래도 나리를 더욱 거북하게 여기게 된 것 같네.

"겨우 쓰레기를 처리했군. 그럼 보수를 주도록 할까. 자, 받아라."

나는 나리가 던진 돈주머니를 바닥에 떨어지기 전에 움켜잡았다.

나는 나리를 신뢰하기 때문에 돈이 얼마인지 확인해보는 않았다. ……아니, 나리라면 장난을 쳐났을지도 모른다. 나중에 확인해봐야겠다.

"이걸로 외상도 갚을 수 있겠네. 그런데 나리, 그 다이어트 식품은 어떻게 됐어?"

"일단 완성하기는 했는데 부작용이 있지……. 마침 잘 됐군. 볼록 튀어나온 하복부를 신경 쓰는 계집이여. 시제품을 줄 테니 먹어봐라."

"그런 거 신경 안 쓰거든?!"

린은 두 주먹을 휘두르며 발끈했다.

"너, 그래서 샐러드만 먹는 거냐?! 정 살을 빼고 싶으면, 침대 위에서 한밤의 운동을 하는 게 어때? 내가 파트너가 되어줄게."

"『라이트닝』! 확 날려버린다?!"

내 얼굴 옆을 번개가 스치고 지나가더니 활짝 열려 있는 문을 통해 밖으로 뻗어나갔다.

"윽, 경고를 할 거면 쏘기 전에 하라고!"

큰일 날 뻔했네. 방금 그걸 맞았으면 얼굴이 박살났을 거야.

린은 지팡이 끝으로 나를 겨눈 채 계속 노려보고 있었다. 화제를 바꾸지 않았다간 진짜로 목숨이 위험하겠네.

"마, 맞아. 그 다이어트 식품이라는 건 진짜로 효과가 있는 거야? 아, 나리를 의심하는 건 아니지만 말이야."

"의심하는 것도 무리는 아니지. 그렇다면 시험 삼아 먹어보는 건 어떠냐? 특별히 무료로 주지."

"무료라는 말에 끌리기는 하는데, 아까 부작용이 어쩌고 같은 말 안 했어?"

바닐 나리는 팔짱을 끼고 천장을 올려다보았다.

갑자기 입 좀 다물지 말라고. 괜히 걱정되잖아.

"기억이 나지 않는군. 뭐, 좀 기분이 좋아져서 더 먹고 싶어질 뿐이지. 걱정할 필요는 없다. 아무리 먹어봤자 살은 찌지 않으니까 말이야."

"그거, 진짜로 괜찮은 거야?"

"살이 찌지 않는다는 건 확실히 매력적이네……."

나는 마음이 동한 반응을 보인 린을 믿지 않는다는 듯 쳐다보았다.

수상하다는 것을 뻔히 알면서도 흥미가 생긴 거냐.

"뭐, 나는 됐어. 장사가 잘 되면 나도 좀 끼워달라고. 그럼 나리, 다음에 봐."

소기의 목적을 달성한 내가 돌아가려고 한 순간, 나리가 「기다려라」라고 말하며 나를 불러 세웠다.

그러고 보니 전에도 이런 일이 있었지.

불길한 느낌이 엄습하네. 돈이 들어오면 그걸로 동료들과 술판을 벌일 예정이었는데 말이야.

"긴장할 필요 없다. 간단한 일이니까 말이다. 이 자루를 그냥 전해주기만 하면 되지. 약속장소에서 기다리고 있을, 볼에 칼자국이 있고 검은색 옷을 입은 남자에게 건네주기만 하면 되는 간단한 일이다."

"뭐야, 그런 거야?"

"어, 엄청 수상하잖아! 나는 완전 미심쩍거든?! 자루 안에 들어 있는 내용물이 뭔지 신경 쓰이지 않는 거야?! 범죄와 연관된 일일지도 모르잖아!"

린이 절박한 표정을 지으며 나를 움켜잡더니 그대로 흔들어댔다.

단순하게 생각하면 엄청 편한 일이잖아.

"마음 편히 돈을 벌 수 있는 손쉬운 일이다. 가벼운 마음으로 동료를 끌어들여도 되지."

"그건 사기꾼들의 상투적인 대사 아니에요?!"

"물건이 많아서 말이다. 혼자서 옮기려면 꽤 힘들 테지."

아무래도 수상한 일이 아니라 그저 짐을 옮길 인원이 필요할 뿐인 것 같았다.

자세한 이야기를 들어보니 위즈가 일전에 대량으로 고품질 마나타이트를 매입했는데, 그런 고가의 물건은 풋내기 모험가의 마을 액셀에서 팔릴 리가 없어서 창고만 차지하고 있다고 했다.

한꺼번에 팔아치우기에는 양이 너무 많으니 하다못해 조금씩이라도 팔기로 했다고 한다. 그래서 위즈가 사들인 아무 짝에도 쓸모없는 잡동사니와 함께 팔아치우기로 한 것 같았다.

"실은 이 몸이 가고 싶다만, 이 어리석은 자에게서 눈을 뗐다간 무슨 짓을 벌일지 모르거든. 왕도까지의 텔레포트 비용은 전부 이 몸이 내도록 하지."

그렇게 말한 나리는 가게 구석에 널브러져 있는 위즈를 짜증 섞인 눈길로 노려보았다.

"좀 미심쩍기는 하지만, 괜찮은 건수 같지 않아? 텔레포트 비용도 내준다잖아."

"아~, 왕도에 가는 거구나. 나는 됐어. 너희끼리 해."

왕도라는 말을 듣자마자 의욕이 사라졌다.

귀족이 많은 장소에는 가능하면 가고 싶지 않다. 귀족을 질색하기도 하지만 만일의 사태가 벌어질 가능성이 있기 때문이다.

"무슨 생각을 하는 건지 알겠군. 걱정할 필요 없다. 네놈이 우려하는 인물과 재회하는 일은 없을 거라 단언하지."

"무슨 소리를 하는 건지 모르겠네."

이래서 바닐 나리는 무섭다니깐. 모든 것을 내다보는 눈이 내 모든 것을 꿰뚫어보고 있었다.

시치미를 떼고 나리의 시선을 피하듯 고개를 돌리자 이번에는 나를 올려다보고 있는 린과 눈이 마주쳤다.

"뭐야. 나한테 반한 거야?"

"바닐 씨. 이 일, 맡을게. 그리고 너도 같이 가자."

"맡는 건 네 마음이지만, 나는 됐어."

"안 온다면, 이번 보수를 전부 네 외상과 빚을 갚는데 써 버릴 거야."

"그럼 1에리스도 안 남을 거라고!"

내가 불평불만을 늘어놓아도 린은 고집을 꺾지 않았다. 결국 나도 어쩔 수 없이 왕도에 가게 됐다.

3

   그리고 며칠 후에 겨우 흥정이 끝나서 우리는 왕도에 가게 됐다.

   그 며칠 동안 나는 마을 안에서 이리스라는 금발 꼬맹이를 몇 번 봤는데, 그 애는 어느새 폭렬걸, 융융과 친해져 있었다. 그 세 사람이 대체 어떤 관계인지 짐작도 안 되었다.

   "우와~, 여기가 왕도구나! 처음 와본 건데, 역시 활기가 넘치네."

   텔레포트의 빛이 사라진 순간, 린이 밖으로 뛰쳐나갔다.

   그리고 주위를 두리번거리더니 탄성을 터뜨렸다.

   "나도 처음 와봤지만, 역시 액셀과 다른걸."

   "화장을 한 멋진 여자들이 잔뜩 있잖아. 진짜 끝내주는데."

   테일러와 키스도 왕도에는 처음 와본 건지 관광객 같은 반응을 보였다.

   "어이, 일을 우선하자고. 일단 짐을 지정된 장소로 옮기자."

   나는 뒤편을 손가락으로 가리키면서 동료들에게 충고를 했다.

   사람이 잡아당기는 타입의 수레에는 나무 상자가 산더미처럼 쌓여 있었고 이것을 오늘 안에 상대방에게 전달해야 한다.

나무 상자에 든 것의 대부분은 아무 짝에도 쓸모없는 마도구라서 팔아봤자 얼마 되지 않는 것 같았다.

"어이, 더스트. 너, 왜 그래? 뭐 잘못 먹었어?"

"왜 성실한 척 하는 건데? 속이라도 안 좋은 거야?"

"역시 좀 이상해."

동료들이 나를 걱정해줬다.

"내가 성실한 게 그렇게 이상해?"

""""응.""""

젠장, 한 목소리로 저딴 소리를 하네.

나도 열심히 일을 할 때도 있다고. ……어, 그런 적이 있나? 한두 번 정도는 그런 적이 있었을 텐데. 분명 있을 것이다. 틀림없다.

"빨리 가자고. 관광이 하고 싶으면 배달을 마치고 해."

"더스트가 옳은 소리를 늘어놓으니 왠지 짜증이 나네."

"그 마음, 이해해. 왠지 울컥하는걸."

"순순히 따르고 싶지 않네."

이 녀석들, 입에서 나오는 대로 지껄여대잖아.

일단 참아야 한다. 빨리 일을 마치고 왕도를 벗어나야 하니까.

"이쪽에 있지 않았어?!"

"아뇨, 이쪽에는 없습니다!"

많은 이들의 발소리가 들려서 고개를 돌려보니 기사들로

이뤄진 무리가 눈에 들어왔다. 그들의 선두에는 흰색 정장을 입은 남장여자, 클레어가 있었다. 그 옆에 있는 박복해 보이는 여자는 이름이 레인이었던가.

내 헌팅을 방해한 녀석들이다.

나는 짐 뒤편에 숨어서 그 녀석들이 지나갈 때까지 기다렸다.

기사들을 데리고 허둥지둥 어딘가로 달려가는 일행의 뒷모습을 지켜본 후 나는 한숨을 내쉬었다.

"기사가 저렇게 잔뜩 몰려다니는 걸 보면, 뭔가 큰 사건이 터진 걸까?"

"초조해 보이기는 했지만, 분위기는 그렇게 흉흉하지 않았어."

린과 테일러는 의아해 했으나 솔직히 말해 아무래도 상관없다.

"누군가를 찾는 것 같은데 말이야. 이 앞의 갈림길에서 뿔뿔이 흩어졌어."

키스가 눈을 가늘게 뜨고 기사들이 향한 곳을 쳐다보았다. 아마 『천리안』으로 관찰하고 있는 것이리라.

"그런 건 아무래도 상관없잖아. 빨리 일이나 마치자. ……어이, 입 좀 다물지 마! 나는 멀쩡하다고! 불쌍한 사람을 쳐다보는 눈길로 나를 보지 마!"

눈물도 나지 않는데 눈가를 훔친 린이 내 이마에 손을 대고 열을 쟀다.

"병에 걸린 게 아니라고!"

"이거라도 마셔."

내 어깨를 두드린 테일러가 내민 것은 숙취해소용 약이었다.

"술에 취한 것도 아냐!"

키스가 종이를 쥔 손을 내밀어서 쳐내려고 했지만 그 종이는 서큐버스 가게의 할인권이었기 때문에 감사히 받아두기로 했다.

4

내 몸을 걱정한 동료들이 일을 우선해줬기 때문에 짐의 전달은 금방 끝났다.

다른 녀석들은 관광을 하러 갔지만 나는 여관에 먼저 돌아가겠다고 말한 뒤 따로 행동했다.

"마을을 돌아다니는 것도 괜찮겠지만, 그 녀석들과 재회하면 성가신 일이 벌어질 거야."

사람을 찾고 있는 클레어와 레인을 만난다면 귀찮아질 게 뻔했다. 역시 여관에서 잠이나 자는 편이 안전하려나.

술과 안주거리를 사서 방에 틀어박히자고 생각한 내가 길가의 노점을 살펴보고 있을 때, 누군가가 뒤편에서 나를 잡아당겼다.

고개를 돌려보니 린이 내 옷소매를 잡고 있었다.

"관광하러 간 게 아니었어?"

"너야말로 뭐하고 있는 거야? 몸이 안 좋다는 건 역시 거짓말이었던 거구나?"

"기분 좋게 잠에 빠져들기 위해 술과 안주를 사러 왔을 뿐이야."

"너는 정말…… 하아. 뭐, 좋아. 오늘은 너한테 어울려줄게."

무슨 변덕인지 모르겠지만 린은 그런 소리를 했다.

불평을 늘어놓으면서도 나를 일단 걱정해주는 걸까.

"뭐, 고마워. 그럼 맛있어 보이는 걸 사서 얼른……."

근처 노점에서 먹을 걸 사려고 했더니 먼저 온 손님이 있었다.

"이건 무슨 고기인가요? 꼬치에 처음 보는 고기가 꽂혀 있네요."

금발 꼬맹이가 꼬치구이를 신기한 듯이 쳐다보고 있었다.

저 뒷모습과 목소리는 귀에 익은걸. 어이, 왜 이런 데서 마주치는 거냐고…….

"아가씨. 이건 엄청 고급 고기를 구워서 만든 고가의 요리야."

"어머, 그런가요. 괜찮다면 하나 주시겠어요?"

"고마워~. 이야~, 아가씨는 참 운이 좋네. 이 고기가 마지막 하나거든. 개당 10만 에리스야."

"어머나, 싸군요."

이 아저씨, 세상 물정 모르는 귀족 아가씨한테 바가지를 씌우려는 건가.

말도 안 되는 가격을 청구했는데, 이 녀석은 딱히 의심하지 않은 채 그냥 지불하려고 했다.

"저건 자이언트 토드 고기 맞지?"

린이 귓속말을 했다.

관광객이나 세상물정 모르는 이들을 속여서 이득을 취하는 이들이 주로 쓰는 방식이다. 나도 때때로 저런 방식을 써먹으니 불평을 늘어놓을 자격은 없었다.

그냥 내버려둬도 되지만 나 말고 다른 녀석이 편하게 이득을 취하는 게 솔직히 말해 짜증났다!

"멈춰, 아저씨. 바가지를 씌우지 말라고. 어이, 너도 쉽게 속아 넘어가지 좀 마."

내가 돈을 받으려고 하는 아저씨의 팔을 움켜쥐며 노려보자 그는 허둥지둥 팔을 빼고 어색한 미소를 지었다.

"어머, 또 속을 뻔한 건가요. 어디 사는 누구신지는 모르겠지만, 감사해요."

나를 향해 고개를 꾸벅 숙인 꼬맹이는 고개를 들어서 나를 보더니 곧장 나를 손가락으로 가리켰다.

"저번에 만난 범죄자 분 아니신가요?"

"범죄자……."

꼬맹이가 그렇게 말한 순간, 옆에 있던 린이 날카로운 시선으로 나를 쳐다보았다.

"그건 오해라고 말했잖아!"

"범죄 행위도 그렇지만, 단원을 모집하고 있던 분들의 기대를 배신한 것도 용서 못해요."

"그것도 너희가 멋대로 오해한 거잖아!"

꼬맹이는 볼을 부풀리며 화를 냈지만 나는 아무 잘못도 하지 않았다.

이 녀석은 폭렬걸과 융융의 놀이 친구이고 그 그룹의 인원을 늘리고 싶어 했다. 그 과정에서 나와 이 녀석들 사이에 한바탕 말썽이 일어났다.

"어째서 이런 사람과 그분을 헷갈린 건지…… 제가 어리석었어요. 그분에게 실례를 범했네요."

"그 전에 나한테 먼저 사과하라고."

왜? 라고 말하고 싶은 듯한 표정을 지은 꼬맹이가 고개를 갸웃거렸다.

"저기, 이 애는 누구야?"

"나, 저번에 또 경찰 신세를 졌잖아? 그때, 말도 안 되는 오해를 하며 흰색 정장 차림 여자에게 나를 잡으라고 시켰던 이리스라는 꼬맹이야."

"그랬구나. 이 녀석이 폐를 끼쳤나 보네. 정말 미안해."

"아뇨. 그때는 저도 실례했어요."

두 사람은 동시에 고개를 숙이며 사과했다.

나와 이야기를 나눌 때와는 다르게 부드러운 어조였다.

"좀 신경 쓰이는 게 있는데, 아까 말했던 이 녀석과 헷갈 렸다는 그분은 대체 누구야?"

"귀족 사이에서 유명한 어떤 전직 귀족이에요. 최연소로 이웃 나라의 희소한 직업인 드래곤나이트가 된 우수한 기사 이자, 왕국 제일의 창술 실력을 지닌 분이죠. 게다가 미남에 성실하기까지 한, 그야말로 기사의 귀감 같은 분이래요."

나는 황홀한 표정으로 말을 잇는 이리스를 쳐다보고 코를 후볐다.

린의 얼굴은 이리스를 향하고 있었지만 그녀의 시선은 나 한테서 떨어지지 않았다.

"전에 그런 소문을 들은 적이 있어."

드래곤과 마주친 직후에 융융이 열띤 목소리로 말했었지.

"알고 계셨군요! 그 기사는 탄탄대로를 나아가고 있었지 만, 약혼이 결정된 공주의 소망을 들어주기 위해 지위와 명 예를 내던졌죠. 그 공주를 드래곤의 등에 태우고 고국에서 도망쳤다고 해요……."

이 꼬맹이, 참 말이 많네.

"공주를 유괴했구나. 나중에 몸값이라도 요구한 거야?"

"안했어요! 그 사람은 이뤄질 수 없는 사랑이라는 걸 알면 서도 공주의 소망을 들어줬고, 잠시 동안이지만 연인으로서 그 공주와 함께 지냈을 거라고 생각해요! 틀림없다고요!"

이렇게 감정이입을 하는 이유를 모르겠지만 자기 소망이 잔뜩 섞여 있는 건 틀림없었다.

그리고 아까부터 나를 노려보듯 응시하고 있는 린의 시선이 너무 신경 쓰였다.

"그게 진짜라면, 옛날이야기에나 나올 법한 기사네."

"그렇죠?! 자기 신분이 위험해질 걸 각오하며 사랑의 도피행을 감행한 거잖아요! 그런 상황을 동경하지 않는 여자는 없을 거예요! 저도 언젠가……."

허공을 응시하며 눈을 반짝이고 있는 이리스의 얼굴은 사랑에 빠진 소녀 그 자체였다.

나는 이리스의 이야기를 듣고만 있는데도 온몸에 소름이 돋는데 말이다.

"흐음, 그 미남 드래곤나이트는 결국 어떻게 됐어?"

"다시 잡혀온 그는 목숨을 빼앗기지는 않았지만, 귀족의 지위를 박탈당했다고 해요. 그리고 지금은 모험가로서 액셀 마을에서 살고 있다는 소문이 있는데……."

"그래서 미남에 성실한 남자인 나를 그 녀석으로 착각한 거구나."

"아뇨. 금발이라는 점만으로 고른 것 같아요."

딱 잘라 단언하네.

"으음~, 하지만 저는 아직 의심하고 있어요. 당신의 이름은…… 쓰레기 씨였죠?"

"더스트야! 왜 너희는 사람 이름을 그렇게 틀리는 거냐고!"

"실례했어요. 더스트 씨는 검을 쓰시는 것 같은데, 실은 다른 무기를 쓰시죠? 어릴 적부터 무예를 배웠기 때문에 그런 쪽으로는 지식이 있어요. 발놀림이 창을 주로 쓰는 사람의 움직임과 똑같네요."

이리스는 내 몸 구석구석까지 살피듯 쳐다보았다.

여자를 뚫어져라 쳐다보는 건 좋아하지만 남이 나를 쳐다보는 건 좋아하지 않는다고⋯⋯.

그리고 린 앞에서 괜한 소리 좀 하지 마. 아까보다 더 미심쩍은 눈으로 쳐다보고 있잖아.

"창⋯⋯. 아, 사타구니의 창을 빈번하게 쓰기 때문 아냐?"

"사타구니의 창? 그런 곳에 무기를 숨겨둔 건가요?"

"바보! 어린애 앞에서 무슨 소리를 하는 거야?!"

이리스는 고개를 갸웃거리며 생각에 잠겼고 린은 그 옆에서 불같이 화를 냈다.

이 녀석⋯⋯ 음담패설을 이해 못한 거냐. 아무리 꼬맹이라도 그렇지, 대체 얼마나 순진무구한 세계에서 살아온 거야?

다크니스라면 바로 이해했을 거야. 그리고 약간 흥분하며 화를 냈겠지.

이 꼬맹이는 정상적인 귀족이겠지만 내 주위의 귀족은 하나같이 정상이 아니거든.

"드래곤나이트 출신의 전직 기사에 대해 좀 더 자세하게 가르쳐주면 안 돼?"

"아, 좋아요! 언니! ……저기, 어디서 만난 적이 있지 않나요?"

"응? 초면일걸?"

두 사람이 서로를 응시했다.

린의 얼굴을 보고 저런 반응을 보인다는 건…… 일이 성가셔지기 전에 저 두 사람을 떼어놓는 편이 좋을지도 모르겠네.

"이야기는 그쯤 하면 되지 않아? 나는 여관에 돌아가고 싶거든?"

"잠깐만 기다려봐. 나, 이 애와 이야기를 나누는 중이란 말이야. 아니면 내가 이 애한테서 드래곤나이트에 관한 이야기를 들으면 안 될 이유라도 있어?"

"그런 건 아닌데……."

린이 이 이야기에 너무 관심을 보이는걸. 이리스도 그 녀석에 대해 더 이야기를 하고 싶은 건지, 계속 말을 늘어놓았다.

"그럼 처음부터 이야기할게요. 왕족…… 귀족 사이에서는 꽤 유명한 이야기인데, 이웃 나라의 하급 귀족 소년이 드래곤나이트라는 엄청 희소한 직업을 최연소로 얻었어요. 그 소년은 드래곤나이트로서 매우 뛰어난 재능을 지녔고 태어날 때부터 드래곤에게 사랑을……."

나는 아까와 별반 다르지 않은 이야기를 멍하니 들으면서 저 두 사람을 관찰했다.

이리스는 이 이야기를 몇 번이나 했는지 막힘없이 술술 이야기를 늘어놓았다. 그리고 린은 진지한 표정으로 그 이야기에 귀를 기울이고 있었다.

각색된 이야기에 완전히 빠져든 것 같은데, 대체 이런 이야기의 어디가 그렇게 재미있는 걸까.

"팬클럽도 있을 정도로 인기가 많았고, 고지식한 데다 성실한 기사……구나. 그런 기사가 좋아하던 공주와 사랑의 도피행을 한 거네."

"멋진 이야기 아닌가요?!"

린은 미심쩍은 표정을 짓고 있었지만 이리스는 눈을 반짝이며 흥분한 반응을 보였다.

꿈 많은 소녀에게는 멋진 이야기처럼 들리는 걸까.

"흥, 마음에 안 드는 자식이네. 나는 귀족하고 얽혀서 좋았던 적이 단 한 번도 없다고. 적을 봤다하면 무턱대고 달려드는 걸로 모자라 두들겨 맞으면 흥분하는 여기사에, 그 여기사를 차지하려고 했던 악취미한 영주도 있었지. 그뿐만 아니라 내가 취향이라면서 덮치려고 했던 녀석도 있었어."

최악이었던 건 가장 마지막 녀석이었다. 린을 좋아하는 거라고 오해했는데, 실은 나를 좋아한다던 귀족…… 남성이다.

그때는 진짜로 위험했다. 내 엉덩이의 순결을 빼앗길 뻔했지만, 어찌어찌 그 마수에서 벗어났다. ……지금은 떠올리기만 해도 소름이 돋는다.

내가 진심으로 질색하는 표정을 짓자, 린은 동정하는 건지 내 어깨에 상냥히 손을 올려놓았다.

그때, 너와 카즈마가 나를 안 도와주고 가버린 건 똑똑히 기억한다고…….

"그런 귀족이 있을 리가 없어요. 모욕하지 마세요!"

"전부 진짜인데……."

린이 이리스에게 들리지 않도록 작은 목소리로 중얼거렸다.

"너, 진짜 세상 물정을 모르는구나. 이 세상은 안전한 저택 안과 다르다고. 저택 밖에는 자신의 상식이 통하지 않는, 그런 혼돈스러운 세계가 펼쳐져 있어."

바깥세상은 생각했던 것보다 넓고, 또한 재미있다.

더러운 것을 멀리하며 소중히 길러진 상류층 아가씨가 그런 세계를 알 리는 없지만 말이다.

"으, 으~. 오라버니한테서도 같은 말을 들었어요. 하지만, 저는 바깥세상을 알기 위해서 이렇게 몰래 빠져 나와 마을을 산책하고 있는 거예요! 앗."

이리스는 허둥지둥 자신의 손으로 입을 가렸으나 이미 늦었다.

역시 이 녀석은 저택에서 몰래 빠져나온 귀족인 걸까.

"흰색 정장을 입은 여자…… 클레어라고 했지? 그 녀석이 찾고 있는 건 역시 너구나."

"아까 마을 안에서 야단법석을 떨던 기사들을 말하는 거지?"

"만났나요?! 설마 저를 데려갈 생각인 건……."

이리스는 겁먹은 표정으로 뒷걸음질을 쳤다.

이 순간, 의혹은 확신으로 변했다. 역시 그 녀석들은 이리스를 찾고 있는 게 틀림없었다.

"대로 쪽에서 우연히 봤을 뿐이야. 아, 잠깐만 있어봐. 그렇게 대대적으로 수색을 하고 있으니까, 이 녀석을 잡아서 넘겨주면 사례를 받을 수 있는 거 아냐?"

기사를 몇 명이나 거느린 귀족이라면 돈도 썩어빠질 만큼 많을 테니까.

클레어라는 여자가 그렇게 필사적으로 찾아다닌 걸 보면 꽤 짭짤한 사례를 받을 수 있을 것 같았다.

"마음이 바뀌었어. 너를 그 녀석들에게 넘겨줄래. 미안하지만 내 술값이 되어달라고."

"돈을 떠나서, 가족들이 걱정하고 있지 않을까? 그냥 돌아가는 편이 좋을 것 같네."

나와 린이 설득을 했지만 이리스는 고개를 끄덕이지 않았다.

"저를 좀 이해해주시면 안 될까요? 실은 빠져나온 지 얼마 안 되어서 마을을 산책하지 못했어요. 혹시 이대로 눈감아주신다면, 돈으로 바꾸려고 보물고에서 가지고 나온 이 반지를 드릴게요!"

"아가씨, 뭐든 시켜만 주시죠."

나는 그 말을 듣자마자 한쪽 무릎을 지면에 대면서 이리스의 손을 공손이 움켜잡았다.

저렇게 커다란 보석이 달린 반지를 본다면 누구나 나처럼 행동할 것이다.

어이, 린. 경멸하는 눈길로 나를 쳐다보지 말라고……

5

"저기 두 분은 연인이실까요? 좀 부럽군요."

이리스의 시선이 향하고 있는 곳을 쳐다보니 풍채 좋은 남자가 화장을 진하게 한 여자와 팔짱을 낀 채 이야기를 나누고 있었다.

시종일관 히죽거리던 남자는 여자에게 끌려가듯 가게 안으로 들어갔다.

"그렇고 그런 술집에 남자가 끌려갔을 뿐이라고, 아가씨."

"그렇고 그런 술집?"

"우선 가게 앞에서 돈 좀 있고 밝힐 것 같은 남자를 물색해. 그리고 적당한 호구를 발견하면 몸을 밀착시켜서 판단력을 잃게 한 다음, 가게 안으로 유인하는 거지. 그리고 가지고 있는 돈을 다 빼앗는 거야."

"몇 번이나 그런 일을 당했던 녀석이 하는 소리니까 틀림없을 거야."

린, 괜한 태클 날리지 마.

매번 안 속으려고 조심을 하는데도 나는 술만 마셨다 하면 판단력을 잃거든.

"그런 영업 방식도 있군요. 오라버니에게도 조심하라고 충고해줘야겠어요."

이리스가 말하는 오라버니가 어떤 녀석인지는 모르겠지만 조심해봤자 걸릴 녀석은 항상 걸린다. 이 애는 남자의 엉큼한 속내를 너무 가볍게 여기는걸.

"입장료 1만 에리스인 미술전의 티켓을 특별히, 특별히, 무료로 나눠드리고 있습니다! 안에서 개인전을 하고 있으니 관람이라도 하고 가세요."

"미술전의 티켓을 무료로 주는 건가요. 운이 좋네요. 보고 가는 게 어떨까요?"

이리스가 길거리에서 호객행위를 하고 있는 여자에게 다가가려 하자 나는 그녀의 어깨를 움켜잡고 말렸다.

"저건 함정이야."

"함정?"

"저렇게 조그마한 개인전의 입장료가 1만이나 할 리가 없어. 사람은 싸거나 공짜라는 말에 약하거든. 낚여서 안에 들어가면, 안에 전시되어 있는 거액의 그림을 강매당할 거야."

"그건 참 교묘한 수법이군요. 그건 범죄행위 아닌가요? 아무래도 아버님과 상의를 해봐야겠어요."

"소용없어. 손님이 자신의 의지로 가게 안에 들어갔다가, 가게의 상품을 샀을 뿐이라고. 속은 사람의 잘못이야."

"으, 으음~ 하지만……."

진짜 물러터진 녀석이다.

순진한 건 나쁜 게 아니지만 언젠가 나쁜 남자에게 이용당할 것 같은걸.

"여기서 좀 기다려봐."

말로는 이해하지 못하는 녀석들에게는 실제로 보여주는 편이 나을 것이다.

호객을 하고 있는 저 여자, 이쪽 계통으로는 전문가인걸.

길가에서 행인들에게 말을 걸고 있는 것 같지만 실은 만만해 보이는 호구를 찾고 있어.

나는 그런 여자에게 일부러 다가갔다.

"어이, 누님. 진짜로 입장권을 공짜로 주는 거야?"

"아, 물론이죠! 1만 에리스짜리 티켓을…… 공짜로 드립니다."

나를 본 순간, 그 여자의 입가에 어려 있던 아양 섞인 미소가 사라졌다. 내가 사냥감으로 적절하지 않다는 걸 눈치챈 것이리라.

"그거, 기한이 없는 거지? 그럼 한 장만 줘."

"저기~, 손님은 그림에 흥미가 없어 보이는데요."

"어이~, 사람을 외모로 판단하는 건 좀 그렇지 않아? 뭐, 흥미가 없는 건 맞지만! 하지만 원래 1만 에리스로 파는 입장권이라면 반값인 5천 에리스에 팔 수 있을 거잖아."

나는 주위의 행인들에게 들리도록 일부러 큰 목소리로 말했다.

"어, 저기, 그건 곤란해요. 되팔이는 금지……."

그 여자는 우물쭈물하면서 물러섰지만 이대로 놓칠 수야 없지. 이런 법에 아슬아슬하게 저촉되지 않는 장사를 하는 녀석들은 이렇게 세게 나오는 상대에게 약하거든. 그럼 최대한 뜯어내볼까.

그리고 원만한 교섭 결과, 나는 울상을 짓고 있는 여자에게서 과자와 돈 봉투를 뜯어냈다.

"뭐, 이렇게 하면 돼. 과자 먹을래?"

내가 전리품을 손에 들고 의기양양하게 돌아가자 린과 이리스는 나와 거리를 뒀다.

"저 사람은 왜 우는 걸까요……."

"너는 진짜 악당이구나."

"나는 입장권을 달라는 소리를 했을 뿐인데, 상대방이 멋대로 이런 걸 줬다고. 이 정도 교섭은 액셀에서 일상다반사잖아. 왕도는 정말 물러터진 곳이네."

만약 액셀에서 같은 짓을 했다면 점원이 힘으로 쫓아냈을 것이다.

애초에 액셀에서는 이런 장사가 먹히지 않는다. 공짜라는 말을 듣고 몰려든 주민들이 전시된 그림들에 온갖 트집을 잡아서 싸게 사간 끝에, 가게 측은 어마어마한 손해를 보기 때문이다.

액셀 마을의 주민들은 생존력이 끝내주니까…….

"그건 그렇고, 당신은 이런 쪽으로도 훤하시군요. 제가 모르는 것들을 잔뜩 알고 계세요. 그런 점은 오라버니와 닮은 것 같아요."

오라버니란 녀석은 이리스와 다르게 세상물정을 좀 아는 건가.

그 오라버니가 나와 닮았다면, 분명 멋진 남자일 것이다. 틀림없다.

"더스트와 닮았다는 소리를 들은 그 오라버니라는 사람이 참 불쌍하네."

시끄러워.

"그런데 마을 안을 이렇게 돌아다니는 게 즐거워?"

"예. 정말 즐겁답니다. 평범한 여자애처럼 이렇게 마을 안을 산책하는 건 참 즐거워요."

이리스는 구김 없는 미소를 지었고 나와 린은 그녀의 얼굴에서 눈을 떼지 못했다.

"그, 그래. 그거 다행이네."

"어울리지도 않게 멋쩍어하지 말란 말이야."

린이 내 가슴에 주먹을 대고 돌려대면서 그렇게 말하길래 나는 그 손을 쳐냈다.

"자유란 참 멋진 거네요. 남의 눈을 개의치 않으며 자유롭게 살아가고 있어요. 오라버니도 매일 이렇게 살아가고 있는 걸까요."

그런 말을 중얼거리는 이리스를 보니 왠지 그분이 떠올랐다.

그분은 너무 제멋대로라 고생만 실컷 했지만, 그런 그분도 이리스와 마찬가지로 자유를 갈구하고 있었다.

—어쩌면 이리스도…….

린과 즐겁게 노점을 둘러보고 있는 이리스를 쳐다보니 옛날 일이 머릿속을 스쳤다.

……안 돼. 이 두 사람과 함께 다니는 건 나한테 좋지 않아.

"아가씨. 슬슬 돌아가는 게 어때? 아까 준 반지에 대한 답례삼아 집까지 데려다줄게."

해가 저물기 시작하자 주위가 어두워졌다. 이제 슬슬 산책을 마치고 이 아이를 집으로 돌려보내야겠다.

"아직 돌아가고 싶지 않아요. 요즘 들어 제가 도망치지 못하도록 경비가 엄중해졌거든요. 이런 기회는 흔치 않단 말이에요."

"너, 상습범이냐?"

"제 탈주를 도와주는 두목님이 있기는 한데, 요즘은 바쁜 것 같아서 혼자 힘으로 빠져나왔어요. 오라버니가 알려준 지혜 덕분에 성공했죠. 클레어는「그 남자에게 나쁜 영향을 받은 거군요! 앞으로는 절대 다가가지 마세요!」라고 말하며 한탄하는 일이 잦아졌지만 말이에요."

클레어란 녀석은 이리스의 오빠한테 말을 함부로 하는 걸.

오라버니라는 자와 이리스는 귀족 사이에서 흔한 이복 남매 같은 사이일까? 오라버니 쪽은 어머니가 신분이 낮은 첩이라든가…… 뭐, 아무래도 상관없지.

나는 애보기에 완전 질렸다. 게다가 이리스는 그분과 외모와 성격이 완전히 딴판인데도, 나는 이 녀석을 보고 있으니 계속 그분이 생각났다.

게다가 이리스의 얼굴이 계속 신경이 쓰였던 이유도 눈치챘다.

─이제야 이 녀석이 누구인지 깨달은 것이다. 이리스는 가명이었구나.

"그런데 쓰레, 더스트 씨."

"너, 방금 쓰레기라고 말할 뻔 했지?"

"무슨 말을 하는 건지 모르겠군요. 그것보다, 더스트 씨는 약간 칙칙하기는 해도 머리카락이 금발이군요."

이 녀석, 돌아가기 싫다고 화제를 또 그쪽으로 돌리는 거야.

"그게 어쨌다는 거야? 귀족이 아닌 사람 중에도 금발인 녀석은 있잖아."

"그건 그래요. 그 드래곤나이트는 귀족 출신이라 금발과 푸른 눈을 지녔다고 들었지만 말이죠……."

이리스는 그렇게 말하면서 내 얼굴을 두 손으로 꼭 잡더니 내 눈을 뚫어져라 쳐다보았다.

"어, 뭐하는 거야?!"

"실례했어요. 역시 눈이 빨갛군요. 제 착각이었나 봐요. 죄송해요, 더스트 씨."

"알았으면 됐어."

이리스는 내 얼굴에서 손을 떼고 고개를 깊이 숙이며 사과했다.

이야기가 마무리된 건 좋지만 주위가 꽤 어두워졌다.

"이제 그만 돌아가지 않았다간, 일이 커질지도—."

"거기 계셨군요오오오! 범죄자 같은 면상을 지닌 저 남자를 체포해! 저항한다면 죽여 버려도 상관없다!"

앞쪽에서 고함소리가 들려서 쳐다보니, 이쪽을 향해 뛰어오는 무리의 선두에 서서 검을 치켜들고 있는 흰색 정장 차림의 여자가 보였다.

저 분노에 찬 표정을 보면 내 말을 들어줄 생각이 눈곱만큼도 없는 것 같았다.

"제에에엔장! 잘 있어, 아가씨! 오해는 풀어달라고!"

"아, 더스트 씨와…… 애인 분, 오늘은 정말 고마웠어요!"

"애인 아냐!"

이대로 잡히면 목숨이 위험할 거라고 재빨리 판단한 나는, 손을 흔들며 인사를 하는 이리스에게서 돌아선 후 린과 함께 전력으로 도망쳤다.

하루가 멀다 하고 도망을 다닌 나를 잡을 수 있을 것 같냐!

왕도에서 돌아오고 며칠이 흘렀다.

이리스에게서 받은 반지를 팔려고 했지만 왕가의 문양이 새겨져 있기 때문에 어느 가게에서도 받아주지 않았고, 결국 내 수중에 남아 있었다.

역시 그 꼬맹이는 이 나라의 제1왕녀인 아이리스였구나.

"결국 돼지 목에 진주 목걸이네."

남에게 자랑할 수조차 없는 위험한 물건이라서 아무 짝에도 쓸모가 없다.

다음에 만나게 된다면 현금과 교환해달라고 교섭해볼까. 하지만 왕도에는 두 번 다시 안 갈 거니까, 만날 일도 없겠지.

"하아아암, 한가해."

나는 하품을 하고 침대 위에서 기지개를 켰다.

나리에게서 받은 돈도 거의 바닥났으니까 의뢰라도 맡을까.

동료들이 길드에 있을 거라 생각하며 길드에 가보니 핏발 선 눈으로 주위를 마구 노려보고 있는 흰색 정장 차림의 단발 여성이 있었다.

"저 분이 더스트 씨예요."

루나가 내 이름을 누군가에게 알려줬고 나를 향해 허둥지둥 뛰어오는 급한 발소리가 들려왔다.

……아아, 도망치고 싶어.

제3장 저 호위들과 모험을

1

"내 말을 듣고 있는 거냐, 이 인간쓰레기야!"

흰색 정장 차림의 단발 여성이 술에 취한 건지 나에게 시비를 걸었다.

"인간쓰레기 씨, 너를 부르네."

"인마! 확 뺨 때리는 척 하면서 너의 그 빈약한 가슴을 주물러버린다?!"

린도 클레어에게 편승해 이상한 호칭으로 나를 불러대서 일단 충고를 해줬다.

그런데 왜 린도 우리와 함께 술을 마시고 있는 거지?

"클레어 님, 목소리 좀 낮추세요! 남들 눈에 띈다고요!"

옆에서 허둥대고 있는 이는 마법사 같아 보이는 수수한 여자였다.

길드에서 나를 찾던 이 두 사람에게 자세한 이야기를 들으며 겸사겸사 술을 시켜봤는데, 클레어는 푸념을 늘어놓으면서 술을 들이키기 시작하더니 이렇게 되었다.

린은 어느새 내 옆에 앉아서 함께 이야기를 듣고 있었다.

"옛날에는 너무 순진무구해서 천사나 요정으로 착각할 만큼, 그런 가련하고 사랑스러운…… 뭐, 지금도 아름답고 기특한 분이지만 말이다!"

이 녀석은 아까부터 이리스에 대해 열변을 늘어놓고 있네. 그래서 본론에 들어가지를 못해.

"그런데 요즘 들어 그 남자에게 나쁜 영향을 받고 말았다. 말괄량이처럼 제멋대로 행동하게 되셨고, 꾀도 많아져서 우리 몰래 탈주하는 일까지 빈번하게……. 뭐, 그런 순수한 면도 귀엽지만 말이다. 그것보다, 그 남자를 오라버니라 부르는 게 가장 납득이 안 돼!"

"날이 갈수록 탈주 방식이 교묘해지고 있죠."

두 사람은 동시에 한숨을 내쉬었다.

이야기를 듣자하니 그 오라버니는 피가 이어진 게 아니라, 그저 이리스가 잘 따르는 남자 같았다.

왕녀에게 오라버니라 불리는 남자가 있는 건가. 클레어가 골머리를 썩이는 것도 납득이 된다.

"처음 만났을 때는 나도 이리스 님에게 차갑게 대했지만, 어쩔 수 없었단 말이다! 실은 저스티스 님의 교육 담당을 맡고 싶었는데……."

"그, 그게, 저스티스 님을 많이 닮은! 이리스 님의 오라버니를 말하는 거예요!"

클레어가 충격적인 발언을 입에 담자 수수한 느낌의 여자가 얼버무리려는 듯 그런 소리를 입에 담았다.

　"저스티스라면 베르제르그 왕국의 제1왕자지? 지금도 전선에서 활약하고 있는 미남 왕자라는 소문은 들었어."

　"흥, 미남에 왕자인데다 최강이기까지 한 거야? 쳇~, 완전 밥맛이네."

　"삐치지 좀 마."

　린은 인상을 쓴 내 볼을 손가락으로 콕콕 찔렀다.

　이 녀석도 미남에 환장하는 걸까. 그것보다 린이 연애에 관심이 있는지도 의문이다.

　그러고 보니 전에 귀족에게 애정 공세를 받고 있다는 착각을 했던 그 일 이후로 그런 이야기는 들어본 적이 없는걸.

　"하지만 나는 그 순진무구한 사랑스러움에 완전히 반해버리고 말았다! 이제 그분 없이는 단 하루도 살 수 없단 말이다!"

　열변을 토하는 건 좋지만 클레어가 위험 발언을 연이어 늘어놓자 주위에서 귀를 쫑긋 세우고 있던 녀석들이 불쌍하다는 듯 이쪽을 쳐다보고 있었다.

　"그런데, 무슨 일로 나를 찾아온 거야?"

　"실은 얼마 전에 아이…… 어험. 이리스 님의 요즘 행실을 약간, 아주 약간 세게 꾸짖었다. 그 남자에게 두 번 다시 다가가면 안 됩니다, 하고 말이지. 그랬더니 삐친 건지 나와는 말도 섞으려고 하지 않으시지……. 그런 게 아니에요오오오오! 저는 당신을 생각해서어어어어어……!"

거기까지 말한 클레어는 손에 쥔 컵을 테이블에 거칠게 내려놓더니 이마를 테이블에 댄 채 오열하기 시작했다. 이 녀석, 술 취하면 우는 타입이냐.

"컵 안의 술을 반도 안 비웠는데 이렇게 된 거냐. 이 녀석, 술에 되게 약하네."

그런 클레어의 등을 쓰다듬어주고 있는…… 이 수수한 여자의 이름은 뭐였더라.

"저기~, 흰색 정장을 안 입으신 분."

"레인이라고 해요……. 역시 저는 수수해서 존재감이 없죠?"

그녀는 체념에 찬 표정을 짓고 바닥을 내려다보더니 힘없는 목소리로 그렇게 중얼거렸다.

"미안해. 그런데 결국 대체 뭘 하러 온 거야?"

"사실 이리스 님은 모험가를 동경하시는데, 전부터 모험가 활동을 경험해 보고 싶다고 말씀하셨어요. 그분들과 함께 생활한 후로 모험가를 향한 동경심이 더 강해진 것 같거든요. 그래서 저희가 먼저 모험가의 활동을 경험해서 그게 어떤 건지 이해한 후에 이리스 님에게 같이 모험을 하자는 제안을 하면, 이리스 님의 마음이 풀릴 거라고 생각했어요."

"그렇다! 왕도는 마왕군이 언제 쳐들어올지 몰라 위험하지. 그러니 초보 모험가만 있는 시골에 온 거다!"

클레어가 큰 목소리로 액셀 마을을 무시하자 주위에 있던 모험가들이 차가운 눈길로 그녀를 쳐다보았다.

클레어는 술에 취한 탓에 그걸 눈치채지 못했지만 레인은 벌떡 일어서서 주위에 있는 이들을 향해 연거푸 고개를 숙였다.

"너는 귀족과 거리가 멀어 보이네."

"맞아. 다크니스는 예외로 치더라도, 귀족들은 거들먹거리잖아. 알다프는 심각할 정도였어."

보통 귀족은 서민에게 웬만해서는 고개를 숙이지 않는다.

"으음, 저도 일단은 귀족이지만 클레어 님의 심포니아 가문이나 더스티네스 가문의 발치에도 못 미칠 만큼 지위가 낮은 가문 출신이거든요. 그러니 편하게 대해주시면 좋겠어요."

레인은 말이 통하는 귀족 같았다.

클레어는 세상 물정 모르고 콧대만 높은 전형적인 귀족이지만 말이다.

"저는 솔직히 말해 내키지 않아요. 모험은 위험이 뒤따른다고 들은 데다, 저희는 몰라도 이리스 님을 위험에 처하게 할 수는 없으니까요."

클레어는 이리스의 기분을 풀어주기 위해 의욕을 불태우고 있지만 레인은 그렇지 않은 것 같았다.

"처음에는 미남인 미츠루기 님에게 부탁할까 했는데! 아무리 돌아봐도 더럽고 칠칠치 못한 모험가밖에 보이지 않아서 난처하던 참이다!"

이 녀석은 진짜 쓸데없는 소리만 늘어놓네. 슬슬 이 주정 뱅이의 입을 막는 편이 좋을 것 같다. 주위에 있는 녀석들도 꽤 열 받은 것 같으니까.

"저 여자는 대체 뭐야? 금발인 걸 보니 귀족이구나! …… 귀족이구나~."

"그래. 귀족이구나. 그래. 뭐, 어쩔 수 없지……."

"예전 영주인 알다프도 그 모양이었고, 라라티나도 문제 가 많잖아. 귀족들은 하나같이 괴짜인 게 틀림없어……."

클레어가 귀족이라는 사실을 안 순간, 모험가들의 분노가 가라앉았다. 화내는 것 자체가 바보 같다고 생각하는 것 같았다.

"너, 요즘 귀족과 자주 얽히는 것 같네?"

"하나같이 칠칠치 못한 녀석들이지만 말이야!"

옛날부터 귀족들과 얽혀서 좋은 꼴을 본 적이 거의 없지 만, 액셀 마을에 온 후로는 온갖 타입의 괴짜 귀족과 만나 게 됐다.

눈앞에 있는 두 사람은 귀족 중에서는 그나마 멀쩡한 편 이라는 건 알지만 그래도 귀족과는 가능하면 얽히고 싶지 않다.

"정말, 클레어 님은 입 좀 다물고 계세요! 정말 죄송합니다!"

레인이 또 고개를 몇 번이나 숙이며 사과하자 다들 개의 치 말라는 듯이 손을 내저었다.

이 여자는 사서 고생하는 포지션일까. 수수하고 불행이 어울리는 외모를 지녔기에 납득이 됐다.

"으음, 즉, 미츠루기 님 외에 이 마을에서 안면이 있는 모험가라고는 그분밖에 없거든요."

"그분이 대체 누구인데?"

"예전에 이런저런 일로 얽힌 적이 있는 분이랍니다. 그런데 좀 문제가 있는 분이라, 이리스 님과 만나게 할 수는 없죠."

레인은 석연치 않은 말투로 그렇게 말했다.

그 모험가와 다투기라도 한 걸까.

"그래서 여러모로 생각을 해봤더니, 일전에 이리스 님이 이 마을에서 어떤 홍마족 여자애와 친해졌다는 이야기를 하셨던 걸 떠올렸어요. 그래서 그분에게 말을 걸어보니, 모르는 사람들하고만 모험을 하는 걸 불안해하는 것 같아서……."

그 설명을 듣고 누구를 말하는 건지 바로 눈치챘다.

"그래서, 아까부터 이쪽을 계속 쳐다보고 있는 거구나."

린의 시선이 향하고 있는 곳을 쳐다보니 좀 떨어진 곳에서 우리 쪽을 힐끔힐끔 쳐다보고 있는 융융이 눈에 들어왔다. 나는 그녀에게 이쪽으로 오라고 손짓을 했다.

"왜 나를 끌어들인 건데?"

"아니에요! 먼저 메구밍과 카즈마 씨를 언급했더니 「그 사람들만은 절대 안 됩니다!」라고 말하면서 저 두 사람이 무릎을 꿇고 손이 발이 되게 빌지 뭐예요. 그 외에 제가 아는 사람이라고는 더스트 씨밖에 없어서 어쩔 수 없이……."

이 녀석, 자기가 외톨이라 처음 보는 사람들과 잘 지내지 못한다고 나를 끌어들인 거냐.

그런데 이 두 사람은 무릎 꿇고 싹싹 빌 정도로 카즈마 일행을 질색하는구나.

일전에 카즈마가 왕도에 갔을 때 왕녀와 친해졌다는 헛소리를 술자리에서 한 적 있는데…… 에이, 아닐 거야. 말도 안 된다고…….

아무튼 나는 귀족이나 왕족과 얽히고 싶지 않다.

"미안하지만, 나처럼 예의범절도 모르는 녀석이 귀족 여러분과 같이 행동하면 여러모로 문제가 발생할 거야."

"그 점은 안심하세요. 모험하는 동안에는 신분 같은 건 신경 쓰지 않고 저희를 평범하게 대해주시면 되니까요."

"너는 괜찮을지도 모르지만, 저쪽은 무리 아냐?"

레인은 내가 반말을 쓰거나 무례한 발언을 해도 그냥 웃고 넘어갈 것이다.

하지만 술에 취해서 저쪽에 뻗어있는 클레어는 불평불만을 늘어놓을 게 틀림없다.

"아마 괜찮을 거예요. 클레어 님은 이리스 님을 위해서라면 얼마든지 참을 수 있을 테니까요. 게다가 요즘 들어 그분을 계속 상대했었으니, 약간의 무례나 억지 정도는 그냥 넘어갈 거라고 생각해요."

레인이 자신만만한 목소리로 이렇게 말하니 그분이라는 정체불명의 인물이 더욱 신경 쓰였다.

이리스에게 괜한 지식과 잔꾀를 가르쳐준, 무례하고 제멋대로인 인물인가.

게다가 이리스가 오라버니라 부르며 따르고 있다. ⋯⋯어떤 인물인지 상상조차 되지 않았다.

"받아들이면 나한테 득이 되는 게 있긴 해?"

"충분한 보수를 지급하겠어요. 그걸로 부족할까요?"

돈인가. 이 녀석들이라면 돈 가지고 인색하게 굴지는 않을 테니까 꽤 짭짤한 보수를 기대할 수 있을 것이다.

"귀족이라면 질색하는 건 알지만, 빚도 어마어마하니 그냥 맡는 게 어때?"

"더스트 씨. 어차피 할일도 딱히 없고, 돈도 궁하잖아요? 그러니까 그냥 승낙해요. 저 두 사람이 불쌍하지도 않나요?!"

린과 융융이 저렇게 말하는데 어떻게 한다⋯⋯.

융융이 이렇게 적극적인 걸 보면 저 외톨이에게 있어 이리스는 소중한 지인인 것이리라.

⋯⋯뭐, 몇 번 신세를 지기도 했잖아. 때로는 융융을 도와주는 것도 나쁘지 않을 거야.

게다가 이리스가 없으니 귀찮은 일이 벌어지지도 않을 것이다.

"알았어. 하면 될 거 아냐. 돈도 없으니 잘 됐네."

2

다음 날, 길드 앞에서 기다리고 있는데 융융이 가장 먼저 왔다.

"어, 더스트 씨가 웬일로 약속 시간보다 일찍 온 거죠?! 어, 혹시 약속 시간을 착각한 거예요?!"

"내가 일찍 온 게 그렇게 믿기지 않는 거야?"

"뭐가 어떻게 된 거예요? 혹시 몸이라도 안 좋은 거예요?"

이 녀석, 진짜로 나를 걱정하잖아.

아무리 내가 지각을 밥 먹듯이 했어도 그렇지…… 너무 놀라는 거 아냐?

"어제 귀족 누님들 돈으로 코가 삐뚤어지도록 술을 마셨거든. 그리고 아까 여기서 정신을 차린 거야. 그것보다, 너야 말로 왜 약속 시간보다 일찍 온 건데?"

"남을 기다리게 하는 건 실례잖아요. 저는 더스트 씨와 다르게, 항상 약속 시간보다 한 시간 일찍 온다고요!"

말은 저렇게 하지만, 여러 사람들과 모험을 하게 되어 흥분한 나머지 가만히 있을 수가 없어서 일찍 왔겠지.

"전에도 말했는데, 짐이 너무 많은 거 아냐? 당일치기로 돌아올 거라고."

"무슨 일이 벌어질지 모르잖아요. 갈아입을 옷과 휴대식량과…… 아, 맞아요. 위즈 씨한테서 팔다 남은 마도구를 받았어요. 원래 두 개 있었는데 하나는 망가졌고, 남은 하나도 팔리지 않을 것 같다며 줬어요. 으음, 어디에 넣어뒀더라……."

융융은 메고 있던 커다란 배낭을 내려놓더니 그 안에 손을 넣고 이것저것 꺼내기 시작했다. 대체 짐을 얼마나 많이 넣어둔 거냐고……

"흥미 없으니까 보여주지 않아도 돼. 그럼 슬슬 시간이 됐는데…… 어라? 어이, 네가 왜 여기 있는 거야?"

"나도 같이 가겠어. 내가 없으면 네가 귀족들한테 어마어마한 무례를 범할 것 같아서 걱정되거든."

한동안은 일을 하지 않을 거라던 린이 퉁명한 표정을 짓고 이 자리에 나타났다.

"린 씨도 참가하는 거군요! 다행이에요~. 더스트 씨를 챙겨줄 사람이 없어서 걱정했거든요."

"이 녀석이 괜한 짓을 하면, 다짜고짜 마법을 한 방 먹여주는 게 요령이야."

"그런 무시무시한 요령을 가르쳐주지 마! 저 녀석은 홍마족이니까 마법의 위력이 어마어마하다고!"

두 사람은 내 말을 깔끔하게 무시했다. 융융은 친분이 있는 지인이 동행하게 되어서 기쁜지 린의 손을 움켜잡으며 환영했다.

내가 무슨 말을 해봤자 부질없어 보였기에 그냥 아무 말도 하지 않았다.

"하아~, 나를 좀 신용해달라고. 그것보다, 그 녀석들은…… 아, 왔네."

예의 두 사람이 함께 나타났다.

"오늘은 잘 부탁한다."

"잘 부탁드려요."

클레어는 고개를 빳빳하게 들고 그렇게 말했지만 레인은 예의바르게 고개를 숙이며 공손한 어조로 우리에게 인사를 건넸다.

레인은 지팡이와 투박한 반지를 장비했다. 로브도 걸치고 있어서 모험가처럼 보였다. 하지만 클레어는 흰색 정장에 검만 차고 있을 뿐 갑옷조차 장비하지 않았다.

저런 옷차림으로 전위를 맡으려는 걸까.

"저희야말로 잘 부탁드려요!"

"저도 도와드리기로 했어요. 잘 부탁드립니다."

"뭐, 어디 한 번 해보자고."

융융은 평소와 마찬가지로 몇 번이나 고개를 숙였다.

린은 상대가 귀족이라 그런지 보는 내가 다 징그러울 정도로 태도가 공손했다.

나는 가볍게 인사를 건넸다.

클레어는 한순간 짜증이 난 표정을 지었으나 레인이 팔꿈치로 그녀의 옆구리를 찌르자 「흥」 하고 코웃음을 친 뒤 고개를 돌렸다.

"더스트 씨. 상대는 귀족이거든요?! 좀 예의를 갖춰요!"

"너, 계속 그렇게 굴다간 처형당할 거야."

"괜찮아. 레인, 내 말 맞지?"

"예. 편하게 대해주세요. 오늘, 저희는 견습 모험가니까요. 클레어 님, 제 말 맞죠?"

"그래. 이리스 님을 위한 일이라면 얼마든지 참을 수 있다. 특별대우 같은 건 해줄 필요 없다."

그렇게 말하면서 나를 향해 살기를 뿜지 말라고⋯⋯.

이리스를 끔찍하게 아낀다는 건 어제 술주정을 듣고 충분히 알았으니까 말이야.

"그런데 더스트 씨. 오늘 일정은 어떻게 되나요?"

"모험가 놀이를 하고 싶은 거지? 그럼 정석인 고블린 퇴치나 자이언트 토드 사냥이라도 하러 갈까 하는데, 그래도 될까?"

참고로 이미 길드에서 고블린 퇴치 의뢰를 받아뒀다. 이 녀석들에게 어울려줄 겸, 의뢰도 수행할 수 있으니 일석이조다.

자이언트 토드는 고기를 꽤 괜찮은 가격에 팔 수 있으니까 술값 정도는 충분히 될 것이다.

"고블린과 자이언트 토드인가. 좀 실망스러운 상대지만 어쩔 수 없지."

"모험가들이 흔히 맡는 전형적인 의뢰군요. 아마 이리스 님도 흥미를 가지고 이야기를 들어주실 거예요."

"그, 그래? 그럼 마음을 단단히 먹고 임해볼까!"

클레어의 의욕이 치솟은 게 느껴졌다.

그래. 이 녀석을 이용할 때는 이리스를 언급하면 되는 건가. 레인은 클레어를 조종하는 방법을 잘 아는 것 같았다.

"그럼 가자. 뒤처지지 말고 따라와."

내가 앞장을 서서 나아가자 융융과 린이 내 양옆에 섰고, 다른 두 사람이 우리의 뒤를 따라왔다.

융융은 두 사람이 신경 쓰이는지 몇 번이나 뒤편을 힐끔거렸지만 말을 걸 용기가 없는 것 같았다. 다들 입을 다물고 있으니 분위기가 무거워지네.

이렇게 되면 내가 말을 꺼내야겠는걸.

"혹시나 해서 물어보는 건데, 너희 둘 다 실력에는 자신 있는 거지?"

"마법사로서의 실력에는 꽤 자부심을 가지고 있어요. 아마 문제없을 거예요."

"당연하지. 이리스 님을 지키는 게 내 임무다! 고블린 따위는 간단히 해치워주마."

"어이, 멍청아! 함부로 검을 휘두르지 마!"

내가 자기 실력을 어필하려는 듯 허공에 검을 휘두르기 시작한 클레어를 향해 고함을 지르자 그녀는 나를 노려보았다.

이 녀석의 신경을 건드렸다간 나중에 등 뒤에서 나를 찌를 것 같네. 레인은 그러지 않을 것 같지만…….

전위는 나와 클레어, 그리고 후위는 마법사인 레인과 융융, 린이 맡기로 했다. 파티로서의 밸런스는 나쁘지 않았다.

클레어의 성격에는 문제가 많지만 아까 검을 휘두르는 모습을 보니 꽤 소질이 있었다. 왕녀의 호위를 맡고 있는 만큼 두 사람 다 상당한 실력자일 것이다.

게다가 귀족은 경험치를 얻을 수 있는 고가의 몬스터 고기를 먹고 레벨을 올리거든. 레벨도 상당히 높을 거라고.

실전경험은 부족하겠지만 간단히 당하지는 않을 것이다.

"그럼 우선 자이언트 토드부터 노려볼까. 이 근처에 있는 녀석들은 매일같이 수면 방해를 당해서 제대로 동면을 취하지 못한 탓에 항상 기운이 넘치거든."

"뭐? 동면을 취하지 못한다는 게 무슨 소리지?"

"그야 뻔하잖아. 매일같이…… 아, 슬슬 시간이 됐나?"

"아하~, 폭렬 타임이 됐구나. 융융, 맞지?"

"예. 오늘은 아쿠아 씨와 간다고 했으니까, 귀찮아서 이 근처에서 쏠 거예요."

린이 질문을 건네자 융융은 주위를 두리번거리면서 대답했다.

동족에 소꿉친구인 융융은 한가할 때면 매번 동행하는 것 같았다. 그래서 그 녀석이 어디서 난리를 칠지 파악하고 있는 것이리라.

"그러니까, 대체 무슨—."

클레어의 목소리는 우리의 진로 방향 옆의 평원에서 터져 나온 폭발음과 폭풍에 완전히 가려졌다.

꽤 먼 곳에서 터졌는데도 불구하고 이곳까지 폭풍이 밀려 오는 건가.

"어어어어어엇?! 이게 무슨 일이지?!"

"대체 뭐가 어떻게 된 거죠?!"

두 사람은 검과 지팡이를 움켜쥐고 당황했지만 우리는 느긋하게 평원에서 피어오른 폭염을 쳐다보았다.

그렇게 놀랄 일도 아닌데 말이야.

"이야~, 절경이네. 오랜만에 꽤 가까이에서 봤는데, 예전 보다 더 세진 것 같지 않아?"

"항상 하는 생각이지만, 가까이에서 보니 박력이 정말 엄청나네~."

"또 포인트를 낭비해서 위력을 올렸구나. 게다가 오늘은 컨디션이 좋은 것 같네. 이제 그만 다른 마법도 익히면 좋을 텐데……."

융융은 자주 그 녀석과 동행하기 때문인지, 폭발의 위력 만 보고도 상대방의 컨디션을 알 수 있는 것 같았다.

카즈마는 폭렬마법의 위력에 점수를 매겨 평가하고 있다던데 말이야.

"저, 저기, 왜 세 사람 다 그렇게 차분한 거죠?! 마을 인근에서 엄청난 폭발이 발생했잖아요! 테러가 발생했거나, 마왕군이 쳐들어온 걸지도 몰라요! 경계심을 품으라고요!"

"마을에 돌아가서 라라티나 님에게 이 사실을 알려야겠다!"

"진정해. 저건 그냥 폭렬마법이야. 액셀에서는 거의 매일같이 볼 수 있는 광경이라고."

나는 당황할 대로 당황한 두 사람을 쳐다보고 한숨을 내쉰 후, 고개를 저으며 어깨를 으쓱했다.

겨우 이 정도 일로 당황하면 어쩌냔 말이야.

"어째서 이렇게 차분한 거죠?! 게다가 폭렬마법은 한 번 쓰고 나면 꼼짝도 못하게 될 만큼 마력을 대량으로 소모하는 엉터리 마법이잖아요! 그런 마법을 익히는 건 포인트가 남아도는 숙련된 마법사뿐이에요! 그런 걸 매일같이 별 이유도 없이 펑펑 쏴대는 마법사가 있을 리 없어요!"

레인이 침을 튀기며 그렇게 외치자 융융은 「응응, 맞아요」라고 말하면서 몇 번이나 고개를 끄덕였다.

"하지만 액셀 마을에는 폭렬마법을 쓸 수 있는 녀석이 두 명이나 있다고. 한 명은 가난뱅이, 다른 한 명은 정신 나간 여자애지."

"예……? 풋내기 모험가의 마을에 말인가요?"

레인은 믿기지가 않는지 입을 쩍 벌린 채 망연자실한 표정을 지었다. 클레어도 폭렬마법을 아는지 레인만큼은 아니지만 꽤 놀란 눈치였다.

"너희들, 이런 일로 일일이 놀라다간 모험가 같은 건 못해 먹는다고. 상식이 부족하면, 앞으로 고생 꽤나 할 걸?"

나는 상냥한 미소를 지으면서 그녀들의 어깨에 손을 올려 놓았다.

"왜 저한테 문제가 있는 것처럼 말하는 거죠?! 이 마을 주 민들이 이상한 거예요! 바닐 님도 예전에 저한테 상식이 부 족하다는 투의 말을 했지만, 이상한 건 제가 아니라 이 마 을 사람들이라고요!"

"그렇다! 귀족의 권위도 먹히지 않는 이 마을 주민들이 이 상한 거다!"

액셀 마을에서 이런저런 일을 겪은 적이 있는 건지, 두 사 람은 머리카락이 휘날릴 정도로 거칠게 고개를 저으며 내 말을 부정했다.

융융과 린은 쓴웃음을 짓고 서로를 쳐다보았다.

"알았어, 알았다고. 지금 중요한 건 그런 게 아니지. 모험가 다운 일을 하는 게 너희 목적이잖아. 자, 그럼 시작해볼까."

내가 엄지로 뒤편을 가리키자 거대한 몸집을 지닌 자이언 트 토드가 우리를 향해 쇄도하고 있었다.

이 몬스터는 추위에 약한 개체라서 날씨가 쌀쌀한 이 시 기에는 동면 직전이라 움직임이 둔해진다. 하지만 어디 사는 정신 나간 폭렬걸이 매일같이 마법을 써대는 바람에 잠을 들 수가 없는 건지, 기운이 넘쳤다.

"저게 자이언트 토드인가. 직접 보는 건 처음이지만, 전사나 기사에게 있어서는 손쉬운 상대라는 말을 익히 들었지. 네놈들은 나서지 마라."

클레어는 그렇게 말하고 검을 뽑아들더니 적의 앞에 섰다.

레인도 일단 지팡이를 거머쥐었지만 클레어에게 맡기려는 것 같았다. 도와주지 않아도 된다면 나도 편해서 좋지.

"클레어 씨는 몬스터와 실제로 싸워본 적이 있을까?"

"저기, 도와주지 않아도 괜찮을까요?"

"괜찮아. 저렇게 나서고 싶어 하는데 맡겨두자고."

린과 융융은 걱정하는 것 같았지만 그냥 내버려둬도 될 것이다.

당할 것 같으면 그때 가서 도와주면 되니까.

"홋, 비열한 몬스터 따위가 나의 손가락 하나 건드릴 수 있을 것 같으냐!"

클레어가 자신만만한 목소리로 그렇게 외친 순간, 자이언트 토드가 그녀를 향해 돌진했다.

클레어의 실력이라면 손쉽게 처리할 수 있는 상대다. …… 물론, 한 마리일 때는 말이다.

폭렬마법이 터진 장소에서 도망치듯, 다섯 마리의 자이언트 토드가 이쪽을 향해 몰려왔다.

"어이~, 먹히기 전에 도와줄까?"

"그럴 필요 없다! 레인도 나서지 말고 지켜보고 있어라. 자이언트 토드는 가축이나 인간을 잡아먹지만, 기사나 전사는 먹지 않는다는 걸 알고 있거든!"

그 정보는 틀리지 않았다. 하지만 전부 옳다고 할 수도 없지.

자이언트 토드의 혀가 클레어를 향해 뻗어나갔고 그녀가 피할 필요도 없다는 듯이 가만히 있자…… 혀가 클레어의 몸을 휘감았다.

그대로 클레어를 들어 올리더니 머리부터 꿀꺽 삼켰다.

"으그으으으으으윽!"

클레어는 자이언트 토드의 입에서 발만 튀어나온 상태로 버둥거렸다.

"이렇게 될 줄 알았어."

자이언트 토드가 전사와 기사를 먹지 않는 건 금속 갑옷을 질색하기 때문이다. 그러니까 저런 정장 차림이면 그대로 잡아먹히고 만다.

"클레어 님! 마법으로 도와…… 쐈다간 클레어 님도 휘말릴 거야! 앗."

공격을 머뭇거리던 레인 또한 자이언트 토드에게 잡아먹혔다.

오~, 둘 다 간단히 당해버렸는걸.

"미, 미끌미끌해! 너희들, 보고 있지만 말고 도와다오!"

"히이이익, 기분 나빠요! 앗, 거기를 핥으면……!"

자이언트 토드의 입안에서 버둥거리던 두 사람은 어찌어찌 상반신을 밖으로 내밀었지만, 저 상태에서 자력으로 벗어나는 건 무리겠지.

"금방 소화되지는 않지만, 구해줘야겠네."

"지금 바로 구해드릴게요! 『라이트 오브 세』—."

"멈춰! 잠깐만 기다려봐."

나는 마법을 쓰려고 하는 융융을 말렸다.

융융은 평소보다 진지한 내 목소리를 듣고 당황한 건지 놀란 표정으로 나를 쳐다보았다.

이러는 사이에도 클레어와 레인은 서서히 삼켜지고 있었다. 어떻게든 빠져나오려고 버둥거릴 때마다 타액으로 범벅이 된 몸을 배배 꼬며 「윽, 이러지 마라아앗!」, 「꺄앗, 이상한 곳을 핥지 마!」 같은 소리를 냈다.

"젖은 옷 너머로 속살이 비쳐 보이네! 완전 끝내줘!"

버둥거린 탓에 옷매무새가 흐트러졌고 타액에 젖은 옷 너머로 속옷과 피부가 비쳐 보였다.

이런 시추에이션도 괜찮은걸!

"바보 아니에요?! 『라이트 오브 세이버』!"

융융은 손끝에 생겨난 빛의 검으로 자이언트 토드를 벴다.

아~, 적당히 에로한 게 참 좋았는데 말이야. 진짜 아쉽네.

구출된 두 사람은 타액으로 범벅이 된 채 지면에 털썩 주저앉았다.

"나답지 않게 방심했다!"

"기분 나빠요."

"냄새나니까 다가오지 말라고."

나는 코를 잡고 손을 휘휘 내저었다.

클레어는 굴욕을 느낀 건지 얼굴을 새빨갛게 붉혔지만, 레인은 자신의 옷매무새가 흐트러졌다는 걸 눈치채고 치욕에 떨며 몸을 배배 꼬았다.

"더스트 씨. 이대로 두는 건 불쌍하니까, 물가로 가지 않겠어요? 타액을 씻어내야 할 테고…… 이대로는 악취가 나니까요."

"미안하지만, 나도 부탁하마."

"부탁드릴게요."

저 두 사람의 지금 모습에 흥분되기는 하지만 이 악취를 앞으로도 계속 맡는 건 사양하고 싶다.

"이 근처에 호수가 있지 않았어? 불쌍하니까 데려가자. 냄새도 너무 심하잖아."

같은 여자인 린도 저 두 사람을 동정하는 건지 상냥한 목소리로 말했다.

어쩔 수 없지. 안락 소녀와 싸웠던 그 호수가 이 근처니까, 거기로 가볼까.

"호수에 갈 건데, 그래도 되지?"

진짜로 기분이 나쁜 건지, 클레어와 레인은 순순히 우리를 따라왔다.

좀 귀찮기는 하지만, 물놀이라…… 나쁘지 않은걸.

"더스트 씨, 혹시 이상한 꿍꿍이가 있는 거 아니에요?"

"무슨 꿍꿍이일지 대충 예상이 돼."

"나는 그저 친절을 베풀려는 것뿐이라고."

양옆에 있는 린과 융융이 노려보자 나는 히죽거리고 있는 얼굴을 보여주지 않기 위해 앞장서서 걸음을 옮겼다.

3

일전에 봤던 호숫가에 도착한 후 나는 커다란 바위에 가려 호수가 보이지 않는 위치에 앉아 있었다.

그렇다. 앉아 있었다. ……로프에 온몸을 꽁꽁 묶인 채 말이다.

호수에 도착한 순간, 린과 융융이 나를 포위하더니 다짜고짜 로프로 묶어버렸다.

"어이~, 풀어줘! 나를 그렇게 못 믿는 거야?!"

"더스트 씨한테 믿을 만한 구석이 하나라도 있나요? 야수 무리에 알몸으로 뛰어드는 편이 차라리 안심될 거예요."

"말주변이 참 좋네. 나도 동감이야."

나는 풀어달라고 고함을 질렀지만 거절의 의미가 담긴 차가운 시선만이 돌아왔다.

융융과 린은 내 옆에서 보초를 맡고 있었는데 그녀들은 몬스터 따위는 안중에도 없다는 듯이 나만 주시했다.

이대로는 눈보신을 할 수 없다.

나는 입을 다물고 타개책을 모색했으나 들려오는 건 클레어와 레인의 즐거운 목소리뿐이었다.

"끈적끈적한 게 드디어 떨어졌다. 큭, 속옷까지 흠뻑 젖었구나."

"옷을 말려야겠네요."

이건 완전 고문이야. 고개만 돌리면 알몸인 두 여성을 볼 수 있는데······.

미녀가 물놀이를 하고 있단 말이다. 그 광경을 쳐다보지 않는 게 오히려 실례잖아!

"린, 너는 내가 어떤 녀석인지 알지? 너와도 꽤 이런저런 일이 있었잖아. 동료로서 생사고락을 함께······."

"전에 나를 덮치려고 했던 거, 아직도 안 잊었거든?"

린은 허리에 찬 단검을 슬며시 보여주며 흉흉한 미소를 머금었다.

꽤 옛날 일인데 아직도 기억하고 있는 거냐.

린이 지금 손에 쥔 것은······ 성욕을 억누를 수 없어서 린에게 장난이라도 치려고 했을 때, 그녀가 나의 소중한 부위를 잘라버리려고 했던 바로 그 단검이었다.

허튼 짓을 했다간 저걸로 내 중요 부위를 확 잘라버릴지도 모른다. 이 녀석은 그런 짓을 하고도 남는 녀석이다.

당시에는 항상 욕구불만 상태였으니까 말이야. 요즘 들어 그런 욕구를 느끼지 않는 건 서큐버스 가게 덕분이다. ……로리 서큐버스에게는 좀 더 상냥하게 대해줘야겠다.

지금도 도끼눈으로 나를 노려보고 있는 린을 설득하는 건 포기하도록 할까. 이렇게 되면 쉬운 여자 쪽을 노릴 수밖에 없다.

나는 로프에 꽁꽁 묶인 상태에서 몸을 일으킨 후 바위에 등을 맡겼다.

"어이, 융융. 너와 나는 친구지?"

"친구가 아니라 지인이에요. 그리고 꽁꽁 묶인 상태에서 폼을 잡아봤자 하나도 멋지지 않거든요?"

"너무 차갑게 굴지 말라고. 알몸으로 같이 목욕도 한 사이잖아."

"그, 그, 그건……, 괜한 일 떠올리게 하지 말아 주세요! 요즘 들어 금발 양아치와 사이가 좋다는 이상한 소문이 돌고 있단 말이에요! 길드에서도 다들 불쌍하다는 듯이 저를 멀리서 쳐다봐요! 책임져요!"

울상을 지은 융융이 팔을 마구 휘두르며 달려와서 피하려고 했으나 나는 균형을 잃고 지면에 쓰러지고 말았다.

"으으으으…… 아야아아아아앗!"

머리에서 극심한 통증이 느껴지자 나는 지면 위에서 격렬하게 버둥거렸다.

　운이 나쁘게도 쓰러진 곳에 있던 커다란 돌에 머리를 찧은 걸까.

　"아얏, 죄송해요! 더스트 씨, 괜찮으세요?!"

　평소 같으면 화를 냈겠지만 지금은 차분하게 대화를 이어 나가야만 한다.

　"괜찮으니까 개의치 마. 그것보다, 진짜로 로프 좀 풀어주면 안 될까? 안 그러면, 내가 당치도 않은 짓을 저지를지도 몰라."

　나는 목소리에 힘을 주며 그렇게 말했고 융융은 약간 겁먹은 표정을 지었다.

　"그, 그런 협박에 넘어갈 것 같아요?! 지금 상태에서 대체 뭘 할 수 있는데요?"

　"말 한 번 잘했어……. 뭘 할 수 있냐고? 이대로 나를 방치해두면, 이 자리에서 확 오줌을 쌀 거야."

　"예?!"

　"그것도 소변만 볼 게 아니거든? 술을 너무 마셔서 뱃속의 상태가 안 좋으니까, 엉덩이 쪽의 댐이 무너져서 참사가 발생할지도…… 모른다고."

　융융은 내가 진지한 표정으로 한 말을 듣더니 살금살금 물러났다.

　내가 꽁꽁 묶인 상태에서 융융에게 엉금엉금 기어 다가가자, 그녀는 겁먹은 표정으로 도망쳤다. 아, 왠지 재미있네.

애벌레처럼 움직이면서 쫓아갔더니 융융은 「아, 안 돼, 다가오지 마!」라고 외친 뒤 도망치다 자기 발에 걸려 몇 번이나 넘어졌다.

사실 뱃속의 상태는 엄청 좋았지만 융융의 반응이 재미있으니 좀 더 놀리기로 할까.

"이렇게 된 거, 확 싸버린 후에 너한테 들러붙어 주겠어!"

"관둬, 변태! 다가오지 마아아아아!"

나는 도망치는 융융을 계속 쫓아갔다.

그러다 린 쪽을 힐끔 쳐다보니 그녀는 어이없다는 표정으로 그저 방관하고 있었다.

"어, 꺄아아아아아아앗!"

바로 그때, 느닷없이 레인의 고함 소리가 호숫가에 울려퍼졌다.

나는 돌아보았지만 바위가 시야를 가려서 레인이 보이지 않았다.

"무슨 일이야?!"

"어, 어, 무슨 일 있나요?!"

린과 융융이 나를 내버려둔 채 호수 쪽으로 뛰어갔다.

"어이, 인마! 나도 데려가라고!"

나는 묶인 상태에서 몸을 일으키려고 했으나 뜻대로 되지 않았기에 바닥을 구르며 이동했다.

시야가 빙빙 돌고 어지러웠지만 어찌어찌 호수 근처까지 굴러가보니 귀족 두 사람이 고블린에게 습격을 당하고 있었다.

무릎 아래까지 물에 잠긴 채 무기를 들고 있는 클레어와 레인이 눈에 들어온 순간, 내 시선은 그대로 그녀들에게 고정됐다.

유감스럽게도 두 사람 다 팬티는 입고 있었다. 그러나 위에는 아무것도 입지 않았다. 한쪽 팔로 가슴을 가린 그녀들은 반라 상태에서 고블린을 상대하고 있었다.

클레어는 무기를 들고 있었지만 레인은 지팡이와 반지를 지니고 있지 않아서 공격수단이 없는 것 같았다.

물 때문에 발을 제대로 놀릴 수 없는 데다, 격렬하게 움직였다간 가슴이 노출될 테니 마음대로 움직일 수가 없는 것 같군.

"젠장, 고블린 따위가 우리를 농락하는 것이냐!"

고블린도 상대가 실력을 제대로 발휘하지 못한다는 것을 아는 것 같았다. 두 사람을 향해 물을 뿌리며 놀리듯 껑충껑충 뛰어다니고 있었다.

그런 상황이라 클레어의 공격은 계속 빗나갔고 움직일 때마다 중요한 부위가 드러날 것만 같았다.

하지만 드러누운 상태라 호숫가의 잡초가 시야를 가려서 잘 보이지 않았다!

게다가 린이 일부러 내 시야를 가렸다.

"이 자식들아, 좀 더 잘 움직여봐! 맞아, 너는 뒤편으로 돌아가고, 그 틈에 네가 가슴을 가린 오른팔을 떼어내! 그리고 누가 내 시야를 가리는 잡초를 뽑아버려! 린도 시야를 가리지 말고 비켜!"

내가 무심코 고블린을 응원하자 살의에 찬 시선이 나를 꿰뚫었다.

"저 녀석, 우리가 아니라 고블린을 응원하는 거냐?!"

"카즈마 님의 친구라는 말을 듣고 불길한 예감이 들었는데, 역시 유유상종이군요!"

"알고는 있었지만, 정말 저질이네요! 제가 금방 구해드릴게요!"

융융의 마력을 감지한 고블린들이 위험하다고 판단한 건지 일제히 내가 있는 쪽으로 도망쳤다.

린은 허둥지둥 도망쳤고 나는 완전히 고블린에게 포위됐다.

융융이 내민 손바닥에 빛이 모여들더니 금방이라도 마법이 발사될 것 같았다.

"어이, 기다려! 융융, 그대로 쐈다간 나도 휘말린다고! 어이, 인마, 저기, 융융 님. 제 말 듣고 계십니까?! 나는 다크니스가 아니거든?! 마조히스트가 아니란 말이다아아아아아앗!"

아. 저 녀석, 안 들리는 척 하네.

내가 아까 쫓아다닌 것 때문에 앙심을 품고 있는 거냐!

"『라이트닝 스트라이크』!"

나와 고블린을 일망타진하는, 수많은 번개가 하늘에서 쏟아졌다.

4

"정신이 들었나 보군."

"살아있다는 건, 이렇게 멋진 거구나……."

여전히 꽁꽁 묶여 있었지만 아무래도 목숨은 부지한 것 같았다.

내가 기절한 사이에 다 씻은 클레어와 레인이 머리카락이 젖은 채 나를 내려다보았다.

옷이 마른 건 마법으로 불을 피워서 말렸기 때문일까. 젠장, 엄청 아쉽네.

하지만 아까 그 상급 마법을 맞고도 무사…… 무사하다고 하기에는 좀 그렇지만 생각했던 것보다 대미지는 적어 보였다.

일단 나에게 명중하지 않도록 신경을 써준 걸까.

"이 남자는 이대로 방치해두는 편이 좋지 않을까?"

"찬성~."

"우리한테 해만 끼칠 게 뻔하니까 그냥 두고 가죠!"

잠깐만 린과 융융까지 그 말에 동의하면 어쩌냐고!

나는 불평을 늘어놓으려다, 이 녀석들의 경멸에 찬 눈길을 보고 입 밖으로 나오려던 말을 삼켰다.

"뭐, 좀 기다려봐. 나를 두고 가면 너희는 여러모로 손해를 보게 될 걸?"

"호오, 어차피 거짓말이겠지만 어디 한 번 말해봐라."

클레어는 팔짱을 끼더니 미심쩍어 하는 눈길로 나를 내려다보았다.

"우선, 길드에서 의뢰를 받은 사람은 바로 나야. 보수를 수령하는 수속이 가능한 나를 두고 갔다간, 이번 모험에서 얻은 소재의 정산금과 토벌 보수를 손에 넣지 못할 거라고."

"그런 푼돈에는 관심 없다."

"저는 좀 아쉬울 것 같네요……."

클레어는 더스티네스 가문에 버금가는 가문에 속한 귀족이니 돈에는 크게 관심이 없어 보였다.

하지만 레인은 가난뱅이 약소 귀족이라 돈이나 명예라는 말에 약하다는 점은 어제 술집에서 이미 파악해뒀다.

"그리고 보물을 손에 넣을 때도 있지."

"보물이라고요?! 어느 정도 가치가 있는 건지 자세하게 알려주세요!"

레인의 눈빛이 달라졌다. 귀족이지만 꽤 돈이 궁한가 보네.

"가치는…… 나, 나쁘지는 않은 수준일걸? 게다가 귀족이 몰래 서민을 위해 힘썼다는 정보가 알려지면, 평판도 좋아질 거라고. 다크니스…… 라라티나는 기행만 일삼는 것 같지만, 그래도 액셀의 주민들이 그녀에게 호감을 가지고 있는 건 모험가로서 활약하고 있기 때문이야."

"저기, 라라티나 님의 기행이라는 게 정말 신경 쓰이는데 말이죠……."

레인이 지금 상황에서는 아무래도 상관없는 점에 관심을 보였다.

"그건 다음에 자세하게 이야기해줄게. 아무튼, 사람들을 몰래 돕는다는 건 이리스가 좋아할 만한 일인 것 같은데~."

"밧줄을 풀어주지."

클레어는 순순히 로프를 풀어줬다.

쉬운 애네. 이 녀석은 이리스를 구실로 삼으면 뭐든 다 할 녀석이다.

"휴우~, 드디어 해방됐네. 맞다. 일단 자이언트 토드와 고블린 퇴치는 마쳤는데, 이제 어떻게 할 거야?"

나는 의뢰를 마쳤으니 돌아가서 돈을 받은 후 그 돈으로 술이나 퍼마시고 싶은데…….

"아직 돌아갈 수는 없다. 우리는 제대로 활약을 하지 못했으니까. 이리스 님에게 이런 이야기를 해드렸다간 웃음거리나 될 거다."

"자이언트 토드에게 잡아먹히고, 고블린에게 놀림을 당했을 뿐이니까요……."

확실히 이 두 사람은 전혀 활약을 안 했네.

하지만 이 근처에 다른 몬스터가 있을 만한 장소가 있던가?

"그래도 이 근처에는 다른 퇴치 의뢰가 없었다고. 그냥 포기하고 돌아가는 편이 좋지 않겠어?"

"하지만 제대로 된 모험도 하지 않고 돌아간다면, 이리스 님에게 해드릴 이야기가 없지 않느냐."

"마물 퇴치가 아니라도 괜찮으니까, 모험가다운 활동을 할 수는 없을까요? 보수는 두둑하게 챙겨드릴 테니, 부탁 좀 드릴게요. 더스트 씨가 평소에 하는 거라도 괜찮아요."

제대로 된 모험을 하지 않고 돌아가선 체면이 서지 않는 것 같았다.

보수가 늘어난다면야 거절할 이유가 없지. 상대방의 요청에 부응할 거면—.

"어제 내가 한 일……. 잡화점 아저씨에게 밥을 얻어먹으려고 했는데, 쪼잔한 소리를 늘어놓더라고. 그래서 가게 물건을 무단으로 빌린 뒤 돈으로 바꾸려고 했더니 쫓아내더라니깐. 그 다음에는 돈이 없어서 길드에 가서 물이나 배터지게 마신 후, 직원들의 엉덩이나 쳐다보고 있다 쫓겨났지. 그리고 단골 카페 비슷한 가게에서도 돈이 없어서 점원의 가슴과 엉덩이만 감상하고 있었더니 쫓아내……."

"저기, 그런 게 아니라 모험가로서 한 일을 가르쳐주세요."

모험가로서 한 일, 이라…….

모험가가 되고 주로 한 일은 몬스터 퇴치였다. 그리고 호위도 한 적이 있다. 그 외에는 던전 탐색 같은 걸 했지.

"그럼 던전 탐색이 적당하겠는걸."

"던전! 괜찮구나!"

"이리스 님은 그런 모험담을 좋아하시니까요."

두 사람 다 반응이 긍정적인걸.

이 근처에 있는 던전이라면…… 일전에 소형 디스트로이어와 싸웠던 던전은 무너졌다. 안에 남아 있던 책은 아쉽지만 방법이 없다.

그렇다면 키르의 던전에 가는 것도 괜찮겠는걸. 초보자용 던전이라 적도 언데드와 그렘린 같은 것뿐이다.

아, 맞다. 예전에 바닐 나리가 거기 눌러앉아서 사고를 치는 바람에 지금은 출입이 금지되었지.

"적당한 던전이 있으면 좋겠는데 말이야. 융융……한테 물어봤자 알 리가 없지. 외톨이가 던전 탐색 같은 걸 해봤을 리가 없잖아."

"방금 그 말, 대체 어떤 의미죠?! 던전은 어둡고 무서워서 혼자 들어간 적이 없긴 하지만……."

내 말이 맞네.

다른 던전도 있지만 여기서 한나절 만에 도달할 수 없을 만큼 떨어져 있었다. 이 근처에 있는 적당한 장소라면—.

"더스트, 거기는 어때? 마왕군 간부가 거점으로 삼았던 거기 말이야."

"아~, 거기가 괜찮겠네. 실은 끝내주는 장소가 있어. 마왕군과 관련이 있는 특별한 곳이지."

"그런 던전이 있는 건가. 꼭 데려가 다오!"

거기라면 겉모습만 보고도 납득해줄 것이다.

던전은 아니지만 이야깃거리로 써먹기에는 딱 좋을 테니까.

5

"여기가 마왕군 간부가 머물렀던 오래된 성인가."

"듈라한인 베르디아였던가요. 카즈마 님 일행이 쓰러뜨렸던……."

두 사람은 이 성을 올려다보고 탄성을 터뜨렸다.

석양에 비쳐 붉은색을 띤 낡은 성은 분위기가 괜찮았고 듈라한의 거처로 딱 적당해 보였다.

"멀찍이서 본 적은 있지만, 여기가 바로 그……."

융융도 이 성 근처에 와본 건 처음인지 성을 올려다보며 탄성을 연이어 터뜨렸다.

"생각했던 것보다 원래 형태를 유지하고 있네."

린은 성의 벽이 무너지는 건 아닌가 싶어, 가볍게 두드려 보면서 확인하고 있었다.

언제부터인가 아무도 살지 않게 된 이 성은 폐허로서 방치되어 있었지만 마왕군 간부인 베르디아가 이곳에 눌러앉았다.

액셀 마을에 직접적으로 해를 끼칠 생각은 없어 보였기에 모험가들도 베르디아를 건드리지 않았다. 하지만 어디 사는 정신 나간 폭렬걸이 이 성을 마법의 표적으로 삼고 매일같이 폭렬마법을 날려댄 바람에 베르디아의 분노를 사고 말았다.

"듣자하니 카즈마 님의 동료인 홍마족 소녀가 마법으로 베르디아를 마을까지 유인한 후, 모험가 전원이 협력해서 퇴치했다더군."

클레어가 감탄한 목소리로 입에 담은 발언은 거짓은 아니지만, 그렇다고 진실 또한 아니었다.

나는 그때 토벌 보수를 받지 못했을 뿐만 아니라 연회 프리스트가 일으킨 홍수 때문에 엄청난 손해를 봤거든. 쓰디쓴 기억이야.

"마왕군의 잔당이 있을지도 모르니까, 긴장을 풀지 마."

나는 그렇게 말했지만 그런 건 존재하지 않는다.

여러 모험가 파티가 이곳에 보물 같은 게 없나 싶어서 이미 방문했던 것이다. 그뿐만 아니라 마왕군에 관한 정보를 이곳에서 찾아봐달라는 길드 측의 의뢰서가 게시판에 붙어 있었다.

구석구석까지 철저하게 탐색이 된 곳인 만큼 안전은 확보되어 있다고 해도 과언이 아니다.

요즘 들어서는 주민들이 담력시험을 위한 장소로 이용할 정도였다. 분위기 하나는 끝내주니까 이 녀석들도 만족할 거야.

"왠지 가슴이 뛰네요!"

탐색을 시작하고 가장 즐거워한 사람은 바로 융융이었다.

성 안에 있는 방이란 방은 전부 살펴보고 있었고 천장을 올려다보며 즐거운 어조로 나에게 말을 건넸다.

별다른 문제는 일어나지 않은 채 탐색이 계속됐지만, 클레어와 레인은 오래된 성을 탐색하는 것만으로 만족한 것인지 딱히 불만을 입에 담지 않았다.

"이 성은 꽤 신경 써서 만들어진 것 같군. 외벽이 불타서 파괴된 흔적도 있다. 주위의 지면이 도려내진 건 격렬한 전투가 벌어진 흔적일까?"

"그런 것 같아요. 대규모 마법의 흔적도 있는 걸 보면, 액셀의 모험가와 마왕군의 생존자가 이곳에서 전투를 벌인 거겠죠. 꽤 강력한 마법을 사용하는 위저드가 있었던 게 아닐까요?"

망상을 하는 건 자유지만 그건 전부 폭렬걸이 사고를 친 흔적이다.

매일같이 폭렬마법을 쏴댔으니 아무리 튼튼한 성이라도 무참하게 망가질 수밖에 없다. 그런 짓을 벌인 장본인의 소꿉친구는 마치 자기 일처럼 부끄러워하며 몸을 웅크리고 있었다.

그러고 보니 바닐 나리는 대악마니까, 듈라한인 베르디아와 아는 사이 아닐까.

현상금이 걸린 마왕군의 수배서 중에는 나리와 비슷하게 생긴 이가 그려진 게 있었는데, 아마 기분 탓일 거야. 우연히 쓰고 있는 가면이 비슷한 것뿐이겠지.

"하지만 겉보기와는 다르게 내부는 꽤 깨끗하구나. 마왕군의 언데드들이 거점으로 삼은 곳이라는 게 믿기지 않을 정도군."

"지면에 발자국이 있긴 하지만, 대부분 청결한 것 같네요."

우리가 들어간 방은 응접실인지 낡은 소파와 긴 테이블이 놓여 있었다.

지금은 먼지가 약간 쌓여 있지만 그건 듈라한이 퇴치되고 시간이 꽤 흘렀기 때문이리라.

그러고 보니 폐허가 된 다른 성은 이곳보다 훨씬 더러웠지.

유심히 주위를 살펴보니 이 방의 구석에 양동이와 걸레가 있었다.

······언데드가 깨끗하게 청소를 한 것일까? 만약 그렇다면 꽤 섬뜩한 광경이 펼쳐졌을 것 같군.

"베르디아는 자기가 원래 기사였다고 말했으니까, 듈라한이 된 후에도 깨끗한 걸 좋아했을지도 몰라. 보아하니 청결을 신경 쓴 것 같기도 하거든."

"언데드인데도 말인가요. 말도 안 돼요. 저기, 슬슬 잠시 쉬지 않겠어요? 이 방은 꽤 깨끗하니까, 차라도 한 잔······."

아무래도 융융은 성에서 차를 마신다고 하는 상황을 동경하는 것 같았다. 그녀는 메고 있던 배낭에서 티타임 세트를 꺼냈다.

찻잔과 과자가 차례차례 테이블 위에 놓였다.

그런 게 들어있어서 배낭이 저렇게 두툼했던 건가.

"그러고 보니 조금도 쉬지 않았지. 그럼 호의를 받아들이도록 할까."

"융융 양, 저도 도울게요."

클레어는 소파에 몸을 맡겼고 레인은 융융과 함께 차를 끓이기 시작했다.

린은 테이블 위를 닦았다.

나는 딱히 할일이 없었기에 소파에 앉을까 했지만 클레어의 옆에 앉고 싶지는 않았다. 나는 그녀와 테이블을 사이에 두고 마주 앉아 차가 준비될 때까지 아무 말 없이 기다렸다.

준비가 끝나자 클레어와 레인이 나란히 앉았다. 그리고 융융과 린이 내 양옆에 앉았다.

융융은 묵묵히 차와 과자를 즐기는 맞은편 두 사람을 힐끔힐끔 쳐다보았다. 할 말이 있으면 망설이지 말고 입에 담으면 될 텐데 이 외톨이는 그러지 못한다니깐.

"이 과자는 참 맛있군요."

"다행이에요~. 액셀 마을에서 꽤 인기가 좋은 가게의 과자예요."

"이 찻잎은 꽤 비쌌을 것 같군요. 향이 참 좋아요."

"아, 예. 꽤 고급인 가게에서……."

사교적인 레인이 말을 걸어준 덕분에 분위기가 좀 누그러졌다.

하지만 별다른 친분도 없는 이들의 대화라는 건 듣고 있는 이들을 찝찝하게 만든다. 서로를 신경 쓰는 게 훤히 느껴지는 대화만큼 재미없는 것도 없으니까.

린은 아무 말도 하지 않은 채 과자를 먹고 있었다. 오늘은 꽤 얌전하네. 저 두 사람에게 말을 걸지 않던데, 혹시 낯을 가리는 걸까?

아니면 귀족이 상대라 긴장한 걸까. 어울리지 않는걸.

나는 한가해서 소파 옆에 놓여있는 융융의 배낭에 손을 집어넣어 뒤져보았고 조그마한 상자를 발견했다.

사각형 나무 상자였는데 내 주먹이 쏙 들어갈 듯한 크기였다.

"저기, 이게 뭐야?"

"그건 위즈 씨한테서 받은 마도구……. 어, 또 허락도 없이 남의 가방을 뒤진 거예요?!"

"그런 건 아무래도 상관없거든? 이게 공짜로 받은 마도구구나."

융융이 얼굴을 새빨갛게 붉히고 불평을 늘어놓았지만 나는 깔끔하게 무시하며 나무 상자를 열어봤다.

상자 안에는 푸른색을 띤 동그란 유리구슬 같은 것이 들어있었다. 그리고 그 중심에는 조그마한 별이 대량으로 봉인된 듯한 빛의 알갱이가 존재했다.

이대로 책상 위에 두면 깨질 수도 있을 것 같아서 근처에 있는 양동이에 걸려 있던 걸레를 깔고 그 위에 유리구슬을 뒀다.

"그런데, 이건 뭐야? 평범한 유리구슬 같아 보이네."

"저도 처음 열어보는 거라 몰라요. 으음, 설명서가 상자 안에…… 찾았어요! 여러 사람의 마력을 주입하면 무슨 일이 일어난다고 적혀 있어요. 으음, 어? 이 수정 구슬은 전에 본 적이 있는 것 같아요. 어디서 봤더라……."

융융이 수정 구슬을 쳐다보고 생각에 잠겼다.

"마도구점에 진열되어 있던 걸 본 거겠지. 이 구슬에는 흥미가 있지만, 마력을 주입해야 하는 거구나. 마법사가 아닌 나에게는 무리야. 융융이 한 번 해봐."

"바닐 씨가 아니라 위즈 씨가 준 거니까 이상한 물건은 아닐 거라고 생각하지만…… 이 수정 구슬이 눈에 익은데……."

융융은 내키지 않는지 괴상한 표정을 짓고 수정 구슬을 응시했다.

"린은 어때?"

"흥미 없어."

퉁명하네. 나는 오늘 평소보다 민폐 짓거리를 자제하고 있는데, 린은 왜 이렇게 기분이 나쁜 거지?

이럴 때 괜히 놀려봤자 다투기만 할 것이다. 기분이 풀릴 때까지 그냥 내버려두기로 할까.

"그럼 너희가 해볼래? 이리스에게 해줄 이야깃거리가 될지도 몰라."

"흠. 하긴, 아직 변변찮은 이야깃거리가 없긴 하지."

"저도 상관없어요."

내가 심심풀이 삼아 말을 꺼내보니 두 사람도 의욕을 보였다.

두 사람이 수정 구슬에 손을 대고 마력을 주입했다.

한동안 그러자 수정에서 청자색 빛이 뿜어져 나오더니 주위가 갑자기 어두워졌다.

"어, 어이, 이거 혹시 위험한 물건 아냐?!"

불온한 분위기가 감돌기 시작하자 나는 옆에 있는 융융을 향해 그렇게 외쳤다. 바로 그때, 융융은 눈을 치켜뜨고 벌떡 일어서더니 손뼉을 쳤다.

"생각났어요! 이건 사이가 좋아지는 수정 구슬이에요!"

"뭐?"

내가 느닷없이 영문 모를 소리를 외친 융융을 미심쩍은 눈길로 쳐다본 순간, 수정 구슬을 중심으로 주위에 빛으로 된 직사각형 모양의 판자가 몇 개나 생겨났다.

"이게 뭐야. 판자 같은 것에 뭔가가 비치고 있잖아?"

가장 근처에 있는 판자에는 수수한 옷차림을 한 여자—레인이 처음 보는 아저씨에게 혼나며 고개를 숙여대는 모습이 비치고 있었다.

　"앗, 이건 바닐 님에게 전달한 보수 때문에 재무 담당자에게 불평불만을 들었을 때의……!"

　다른 판자에는 볼이 상기된 채 거친 숨을 내쉬고 있는 거동 수상자— 클레어가 비싸 보이는 침대 위에서 자고 있는 이리스의 얼굴을 뚫어져라 쳐다보는 광경이 비쳤다.

　"이 영상은 뭐냐?! 내가 하루도 거르지 않고 하는 야간 일과를 어떻게 안 거지?! 잠든 이리스 님의 얼굴을 지켜본 후에 잠들면, 끝내주는 꿈을 꿀 수 있다는 내 숙면법을 어떻게 알아낸 거냔 말이다!"

　……매일 밤 이런 짓을 하는 거냐. 이 녀석은 언젠가 넘어선 안 되는 선을 넘는 거 아냐?

　"저기, 이건 마력을 주입한 사람의 부끄러운 과거를 공유해서, 서로의 애정과 우정이 깊어지게 하는 아이템……인 것 같아요."

　아무래도 이 판자에 비친 광경은 이 녀석들의 실제로 경험한 과거 같았다.

　다른 판자를 보니 지금보다 젊어 보이는 레인이 귀족 같아 보이는 이들과 고급스러운 가게에 들어갔고, 다른 사람이 주문하는 사이에 지갑 안을 확인한 후—

『나, 나, 지금 속이 안 좋아.』

……라고 말한 뒤 물만 마셨다.

언뜻 보인 지갑 안에는 동전만 몇 개 있었다.

이 녀석은 가난한 귀족이라고 자기 입으로 말했지만 이 정도까지 주머니 사정이 나쁜 건가.

"보지 마세요! 이건 대체 어떻게 멈추는 거죠?!"

마력의 주입을 중단했지만 영상은 사라지지 않았다.

클레어가 비친 대부분의 판자에는 이리스도 함께 나왔다. 하나같이 위험해 보이는 눈길로 이리스를 응시하고 있거나 혹은 어리광을 받아주고 있었지만, 클레어가 경멸에 찬 차가운 눈길로 이리스를 쳐다보고 있는 게 딱 하나 있었다.

어린 이리스를 내려다보고 있는 클레어의 얼굴에서는 한 점의 미소도 찾아볼 수가 없었다. 처음 만났을 때부터 이리스를 소중히 여기는 클레어만 보았기 때문에 상상조차 안 되는 표정이었다.

내가 어느 판자를 보고 있는지 눈치챈 클레어가 그 광경을 보더니 한숨을 내쉬었다.

"이건 처음 만났을 적의 영상이군. 당시에는 이리스 님의 고뇌도 몰랐고, 오라버니 분의 교육 담당이 되지 못한 데서 비롯된 원한이 얼굴에 드러나고 있었지. 진심으로 반성하고 있다."

그러고 보니 술에 취한 클레어가 원래는 이리스의 교육

담당이 되고 싶지 않았다, 같은 말을 했었지.

지금은 이리스에게 물러터진 이 녀석도 이런 시절이 있었 구나.

"클레어 님은 저스티스 님……을 닮은 이리스 님의 오라버 니의 교육 담당이 되는 게 꿈이셨죠?"

"그래. 얼굴도 실력도 장래도 유망한 그분의 교육 담당으 로 임명될 줄 알고 기대했는데, 뚜껑을 열어보니…… 연약한 소녀를 맡게 됐지. 당시의 나는 사람을 보는 눈이 없어서, 아…… 이리스 님의 위대함을 눈치채지 못했다."

촉망받는 제1왕자를 교육하게 됐다고 착각했던 만큼 실망 감이 앞섰던 것 같다.

"당시의 나는 정말 어리석었다! 항상 전장에 서야 하는 가 족과 만나지도 못하고, 그 조그마한 가슴이 고통으로 가득 차 있는데도 항상 미소를 머금고 있는 그분의 갸륵함에 나 는 매료되고 만 거다!"

과장스러운 손짓발짓을 섞으면서 그런 말을 늘어놓는 클 레어를 보니 짜증이 치솟았다.

또 재미있는 게 없나 싶어서 그 판자들을 둘러보니, 두 사 람이 비치지 않은 판자가 있었다.

"이게 뭐야. ……어? 이건……."

내가 놀란 목소리로 그렇게 말하자 다들 내가 주시하고 있는 판자를 쳐다보았다.

그 판자에는 머리를 옆구리에 낀 칠흑빛 갑옷 차림의 기사— 듈라한이 비치고 있었다.

『여기가 오늘부터 내가 머물 성인가. 언덕 위에 있어서 입지 조건도 좋고, 경관도 괜찮군. 우선 이사 기념으로 청소부터 할까.』

듈라한은 자신의 머리를 테이블에 놓더니 물이 들어있는 양동이에서 꺼낸 걸레로 바닥과 벽을 닦기 시작했다.

콧노래를 흥얼거리며 정말 즐겁게 청소를 했다.

『인원이 부족하군. 언데드 나이트여. 너희도 도와라.』

썩어 들어가는 몸에 너덜너덜한 갑옷을 걸친 기사들이 명령에 따라 빗자루와 걸레를 들고 성 안을 청소하고 있었다.

그 옆에 있는 판자를 보니 깨끗해진 성 안을 만족스럽다는 듯 둘러보고 있는 듈라한이 있었다.

구석구석까지 청소가 되었고, 창틀을 손가락으로 훔쳐서 먼지가 있는지 확인해봤지만 손에는 먼지가 전혀 묻지 않았다.

『꽤 살기 좋은 곳이 됐군. 거점이 갖춰졌으니 슬슬 전력을 확충…….』

그 말은 느닷없이 들린 굉음에 가려지고 말았다.

화면이 격렬하게 흔들린 후 천장과 벽에서 파편이 떨어졌다.

듈라한은 놀란 나머지 자신의 머리를 놓칠 뻔 했다.

『뭐냐! 대체 무슨 일이 벌어진 거냐!』

허둥지둥 성의 창밖으로 얼굴을 내밀어 주위를 살펴보자

성벽에 불에 탄 듯한 자국이 남아있었다. 이 성의 튼튼한 방벽이 무너졌으며 진동이 성의 내부에 전해진 바람에 가구 같은 것이 쓰러지고 말았다.

폭렬걸의 마법이 성에 작렬한 건가?

『대체 무슨 일이 벌어진 거지…….』

얼이 나갔던 듈라한은 곧 정신을 차리고 언데드 나이트와 함께 성을 수리하기 시작했다.

듈라한이 직접 판자와 돌을 가져와서 성을 수리하고 청소를 했다.

『혹시 액셀 마을의 모험가가 이런 짓을 벌인 걸까? 뭐, 좋다. 풋내기 모험가가 자기 배짱을 과시할 요량으로 일을 저지른 거겠지. 이 정도 일로 화를 내는 건 어른스럽지 못한 짓이니, 마왕군 간부답게 관용을 베풀도록 할까.』

듈라한은 손에 쥔 머리를 움직여 고개를 끄덕이는 것처럼 보이게 하며 그렇게 말했다.

"방금 그 폭발음은 메구밍의 폭렬마법이 터지는 소리였어요. ……라이벌로서 부끄럽기 그지없네요. 그에 비해 듈라한 씨는 신사군요. 마왕군인데도 상상했던 것과 다르게 좋은 사람 같아요."

"나도 그렇게 생각하는데, 왜 듈라한의 과거가 보이는 거지?"

"아마 이 과거를 비추는 마도구가 밑에 깔려있는 걸레의 잔류사념을 읽어서 비춰주고 있는 게 아닐까요?"

이해는 안 되지만 나는 레인의 생각이 옳다고 판단해서 고개를 끄덕였다.

그리고 보니 수정 구슬 밑에 깔린 걸레는 영상에서 듈라한이 청소를 할 때 쓰던 걸레와 흡사했다.

"이쪽에도 듈라한의 영상이 있다. 어쩌면 마왕군 공략의 발판이 될 귀중한 정보를 얻을 수 있을지도 모르겠구나."

클레어는 자신들의 영상을 무시하고 듈라한이 비친 영상에 주목했다.

이 두 사람의 과거보다 듈라한의 영상이 더 재미있을 것 같아서 나도 그것을 보기로 했다.

다음 날, 영상 속에서 한창 항아리를 닦고 있던 듈라한은 굉음에 놀라 항아리를 놓쳤다. 그 항아리는 그대로 산산조각이 났다.

그리고 그 다음 날, 수리가 끝난 벽을 쳐다보며 땀을 닦는 시늉을 한 듈라한이 성 안으로 들어간 순간, 폭발음과 진동이 발생해서 벽이 무너졌다.

그리고 벽에 생긴 커다란 구멍을 본 듈라한은 그대로 무너지듯 주저앉았다.

『대체 나한테 무슨 원한이 있어서 이딴 짓을 하는 것이냐 아아아아앗!』

분노에 사로잡혀 들고 있던 머리를 지면에 내던진 듈라한은 그 바람에 대미지를 받고 고통에 사로잡혔다.

""너무해······.""

클레어와 레인은 동시에 그렇게 말했다.

"나도 저렇게 잔인한 짓은 안 해."

"지금까지는 깊이 생각해보지 않았지만, 메구밍은······."

"듈라한 씨에게 사과를 하고 싶어졌어요······."

마왕군 간부를 동정하는 날이 찾아올 줄은 생각도 못했다.

그 후에도 몇 번이나 폭렬마법이 작렬했고, 성의 수리에 쫓기는 나날을 보내던 듈라한은 결국 인내심이 바닥나고 말았다.

『하루도 거르지 않고 매일같이 마법을 쏴대?! 더는 용서 못한다! 풋내기 모험가의 마을이라 봐주려고 했더니, 너무 기어오르는구나!』

듈라한은 대검을 짊어진 채 방을 뛰쳐나갔다.

다른 영상 중에는 방으로 돌아와서 기분 좋은 듯 청소를 시작한 듈라한의 모습이 있었다.

『죽음의 선고를 걸었으니, 그 정신 나간 홍마족 계집도 동료들을 데리고 이곳으로 쳐들어오겠지. 그냥 기다리기만 하는 건 별로일 것 같군. 부하들의 균형 잡힌 배치를 구상하면서 함정도 설치해야겠다. 하지만 난이도는 적당한 수준으로 맞춰둘까. 이곳에 도착한 그 녀석들을 내 손으로 직접 저세상에 보내줘야 화가 풀릴 것 같으니까 말이다.』

그렇게 말한 듈라한은 언데드 나이트에게 지시를 내려서

함정을 설치하거나, 혹은 작전회의를 했다.

내 착각인지는 모르겠는데 엄청 즐거워 보이는걸.

다음 날에도 듈라한은 가벼운 발걸음으로 청소와 함정 설치에 힘썼지만 또 엄청난 충격이 성을 뒤흔들었다.

듈라한이 성 밖으로 부리나케 뛰어 나가보니…… 새롭게 붕괴된 성벽이 눈에 들어왔다. 그리고 방금 충격에 의해 설치해둔 함정도 망가진 것 같았다.

『거, 건방지게 또 이딴 짓을…….』

듈라한이 놓친 머리가 지면을 구르는 것으로 영상이 끝났다.

우리는 아무 말 없이 소파에 앉았다. 그리고 다들 고개를 숙인 채 아무 말도 하지 않았다.

융융은 손으로 얼굴을 가리고 땅이 꺼져라 한숨을 내쉬었다.

"……마왕군 공략에 참고가 됐어?"

"노 코멘트."

상대가 마왕군이라고 해도 폭렬걸이 한 짓이 지나치다고 생각하는 것 같았다.

"그게, 저기, 걔한테도 괜찮은 구석이 있거든요? 으음, 저기, 근검절약이 몸에 뱄고, 뭐든 잘 먹는 데다……."

융융은 자신의 소꿉친구를 변호하려고 했지만 솔직히 말해 누가 마왕군인지 헷갈릴 지경이네.

린은 영상이 사라진 후에도 미간을 찌푸린 채 방금까지

판자가 떠 있던 곳을 노려보았다.

"왜 그래?"

"아까 영상 중에 듈라한이 이 방의 벽 쪽에 있는 기둥 근처에서 뭔가를 했어. 아마 이 기둥이었을 거야."

린이 이 방의 구석에 있는 원형 기둥을 면밀히 조사했다.

나도 흥미가 생겨서 린의 뒤편에서 쳐다봤지만 내 눈에는 평범한 기둥처럼 보였다.

"이럴 때 동료 중에 도적이 있으면 편리한데……. 여기만 먼지가 쌓여있지 않네. 최근에 누군가가 만진 걸까. 아, 튀어나온 부분이 있어. 에잇!"

철컹 하는 소리가 나더니 기둥 앞의 바닥이 옆으로 이동하면서 아래편으로 내려가는 계단이 모습을 드러냈다.

"이건 비밀 통로군. 이곳이 성이라면, 이런 게 있어도 이상할 게 없지."

"그래요. 여차할 때를 위한 피난로나 숨겨진 방으로 이어져있을지도 몰라요."

어느새 내 뒤편으로 이동한 클레어와 레인이 숨겨져 있던 계단을 보고도 딱히 놀라지 않고 납득했다.

"우와~, 얼마 전에 읽은 소설 같네요! 불길에 휩싸이며 함락된 성에서 공주님과 호위기사가 손을 맞잡고 결사의 도피행을 하는 내용이었어요!"

나는 상상력이 풍부한 융융의 말을 무시한 뒤 계단 끝을 쳐다보았다.

불빛이 없어서 보이지 않았지만 꽤 깊어 보였다.

"듈라한이 이곳을 이용했다면, 마왕군의 자료나 보물이 숨겨져 있어도 이상할 게 없어! 금은보화가 있는 게 가장 이상적이지만 말이야!"

생각지도 못한 임시 수입을 손에 넣을 기회였다!

이번에 한탕 하면 한동안은 돈 걱정을 안 해도 될 것이다.

"이렇게 되면 갈 수밖에 없지! 귀중한 정보를 손에 넣는다면, 이리스 님도 분명 기뻐하실 거다!"

"공적을 세운다면 지위 향상과 특별 포상금을 국왕 폐하께서 하사하실 지도 몰라요!"

클레어와 이리스는 주저 없이 돌입에 동의했다.

"저, 저도 좀 흥미가 있어요!"

융융은 머뭇머뭇 손을 들어 찬성했다.

"으음. 귀족인 저 두 사람을 위험한 일에 얽히게 하면 안 되겠지만, 아무래도 물러설 것 같지 않네."

"그래. 자, 랜턴을 준비해서 들어가 보자고."

린이 투덜거리는 건 원래 파티가 아니기 때문이리라. 만약 키스와 테일러가 있다면 믿음직했을 텐데 지금은 어쩔 수 없다.

"내가 선두에 설 건데, 가능한 한 소리를 내지 마."

원래라면 중장비를 한 테일러가 이 역할을 맡았겠지만 지금은 내가 대신할 수밖에 없었다.

게다가 선두에 서면 돈이 될 만한 것을 발견했을 때 누구보다 먼저 확보할 수 있거든!

나는 랜턴에 불을 붙인 후 그것으로 주위를 비추면서 신중하게 계단을 내려갔다.

선두에는 내가 섰고 린, 융융, 그리고 약간 떨어져서 레인과 클레어가 뒤따르고 있었다.

통로의 벽과 천장은 돌로 되어 있었고 꽤 튼튼해 보였다. 나선을 그리며 아래로 향하고 있는 것을 보면 피난로가 아니라 숨겨진 방으로 이어지는 계단일 가능성이 컸다.

이거, 진짜로 보물을 손에 넣을지도 모르겠는걸.

"이 계단 밑에 보물이 있다면, 그게 뭘 것 같아?"

아무 말 없이 계단을 내려가기만 하는 것도 좀 심심해서 나는 뒤를 돌아보며 그런 이야기를 꺼냈다.

"마왕군 간부의 보물이니까, 무기나 방어구 같은 게 아닐까?"

"키야~, 린은 정말 낭만이 없네. 융융은 어떻게 생각해?"

"으음, 듈라한 씨가 인간 친구를 숨겨뒀다는 건 어때요? 비밀의 장소에 소녀를 숨겨주고 있다거나……."

듈라한이 진짜로 그런 짓을 벌였다면 음흉한 짓을 하려고 소녀를 납치해서 감금한 것처럼 보일 것 같은데…….

뭐, 겉모습만 보면 지하실에 누군가를 감금해두는 게 어울릴 것 같지만 말이다.

나선계단을 끝까지 내려가자 원형 공간에 도착했다. 벽 쪽에는 문이 하나 있었고 자물쇠로 잠긴 상태였다.

귀를 기울여봤지만 문 너머에서는 아무 소리도 들리지 않았다. 생물이 있는 것 같지 않았다.

"도적이 없으니 무식한 방법을 쓸 수밖에 없겠네. 일단 다들 주의해. 몬스터의 함정일지도 모르거든."

자물쇠를 부수고 천천히 문을 열자, 그곳에는— 검은색 턱시도 차림에 가면을 쓴 악마가 옥좌 같은 의자에 앉아 있었다.

"후하하하하~! 용사 일행이여, 잘 왔다! 뜻밖의 상황에 맞닥뜨려 기대가 실망으로 바뀌면서 발생된 악감정도 꽤 맛있군!"

"바닐 씨?!"

"……나리, 여기서 뭐하고 있는 거야?"

의자에서 일어나 몸을 한껏 젖힌 나리에게 우리의 차가운 시선이 몰렸다.

너무 뜻밖의 상황이라 놀란 나머지 거꾸로 마음이 차분해졌다.

"음. 이 성은 소유자가 없는 빈집이라고 들어서, 이 몸의 목적인 최고의 던전을 만드는 데 이용할 수 없을까 싶어 전

부터 몇 번 견학을 왔지. 이 숨겨진 방은 견학 도중에 발견한 것이다. 지하실의 적당한 습기와 서늘한 공기가 식료품 보존에 최적이기에, 창고 대용으로 이용 중이지."

그래서 의자 주위에 보물 상자 같은 게 쌓여 있는 건가.

"으음, 바닐 님이시죠? 오랜만이에요."

"일전에는 신세졌다."

레인과 클레어는 나리와 면식이 있는 것 같았다. 그러고 보니 저 두 사람과 처음 만났을 때 나리가 저들과 같이 있었던 게 생각났다.

"수수하고 존재감이 없는 계집과, 주인을 덮치고 싶지만 충성심 탓에 겨우겨우 참고 있는 계집이구나."

"수수……."

"그, 그렇지 않다! 나는 주군으로써 흠모하고 있을 뿐, 그런 음흉한 감정은, 누, 눈곱만큼도 품고 있지 않다!"

레인은 풀이 죽었고 클레어는 당황하고 말았다.

거짓말이 틀림없다. 이 녀석이 이리스를 대하는 태도는 그냥 무르기만 한 게 아니다. 솔직히 말해 여러모로 수상쩍었다.

"바닐 님은 대체 정체가 뭐죠? 범상치 않은 분이라고 전부터 여기고 있었지만, 이분들과 면식이 있는데도 모험가처럼 보이지 않아요."

클레어가 그런 지당하기 그지없는 질문을 던지자 나리는 자신의 턱을 손으로 쓰다듬고 씨익 웃었다.

"이 몸은 하치베라고 주군에게 말했을 텐데? 더 이상의 설명이 필요한가?"

"그건, 그렇군요. 실례했습니다."

그 말에 납득하는 거냐.

"나리, 하치베가 뭐야? 그리고 주군이라니?"

"비밀이다. 누구에게나 남에게 말할 수 없는 비밀이 한두 개 정도 있는 법이다. 안 그런가……. 과거를 숨기고 있는 양아치 모험가여."

나리는 나에게만 들릴 만큼 작은 목소리로 속삭이듯 그렇게 말했다.

저렇게 나오니 더는 캐물을 수가 없네.

"이렇게 만난 것도 어찌 보면 인연이라 할 수 있지. 게다가 여성이 많으니 마침 잘 됐군. 이 몸이 개발한 신상품을 사주지 않겠나?"

나리는 옆에 있던 보물 상자의 뚜껑을 열더니 종이로 된 상자를 꺼냈다.

그 상자에는 커다란 글자로 『다이어트약』이라고 적혀 있었다.

이건 그거지? 안락 소녀의 열매로 만든…….

"이 상품은 아무리 먹어도 살이 찌지 않는 꿈만 같은 식품이다. 살이 찌지 않는데 배는 부르고, 또한 맛있기까지 한 최고의 식품이지!"

"바닐 님은 상인인가요? 기사들을 손쉽게 쓰러뜨릴 정도의 실력자인데도요?!"

"저번에 헤어질 때는 상담사이자 마도구점의 아르바이트 점원이라고 말하셨던 것 같은데……."

레인은 그 말을 듣고 깜짝 놀랐고 클레어는 팔짱을 끼며 고개를 갸웃거렸다.

"어떤 때는 하치베, 어떤 때는 상담사, 그리고 어떤 때는 마도구점의 아르바이트 점원. 이 몸은 바로 그런 존재지!"

그 설명을 들으니 엄청 수상쩍은데 말이야.

게다가 대악마라는 점도 추가하니까 더욱 수상해졌다.

"아무튼 지금이라면 서비스도 해줄 테니 구입하지 않겠느냐? 티타임을 빙자해 주군에게 받은 과자를 먹어치우고, 신변 경호를 하느라 밖에 나갈 일이 거의 없어서 운동 부족인 탓에 복부가 신경 쓰이기 시작한 이에게는 딱 좋은 상품일 거다."

""윽.""

레인과 클레어는 동시에 숨을 삼킨 후 뒷걸음질을 쳤다.

방금 그 말을 듣고 찔리는 구석이 있는 것 같았다.

"매력적이기는 하지만, 이 세상에 그렇게 장점만 있는 식품이 존재할 것 같지는 않은데……."

"동감이에요. 바닐 님의 말이 사실이라면 탐이 나기는 하지만 말이에요……."

매력을 느끼고 있으나 구입을 할 정도는 아닌 것 같았다.

나리는 린을 향해 고개를 돌렸다. 타깃을 변경하는 건가.

"그대들은 어떻지? 요즘 들어 주머니 사정이 좋아져서 모험을 게을리 하고 있지만, 식사량은 평소와 다름없지 않나? 섭취한 에너지를 충분히 소비하고 있는가? 알몸을 보여줄 상대가 없다고 해서 자기 자신을 가꾸는 것을 게을리 하고 있지는 않나?"

"으윽! 다, 당연하지."

린, 자기 배를 힐끔거리면서 그런 소리를 해봤자 설득력이 없어.

나리는 만족한 것처럼 고개를 끄덕인 후 이번에는 융융을 쳐다보았다.

"저, 저는 무슨 말을 들어도 절대 사지 않을 거예요!"

"이 상품은 아직 판매를 본격적으로 시작하지 않아서 화제가 되고 있지 않지만, 엄청난 히트 상품이 될 게 틀림없지. 곧 재고가 바닥나서 이걸 찾는 여자애들이 속출할 거다. 그럴 때 이 상품을 소유하고 있는 이가 있다면, 어떤 일이 벌어질까?"

"그, 그야 물론, 자기한테 양보해달라고……"

"바로 그렇다! 자기가 먹지 않더라도 미리 잔뜩 사둔다면, 그런 여자애들의 인기를 독차지할 수 있겠지. 친구가 순식간에 늘어날 게 틀림없다. 지금이라면 친구 특별 할인을 적용해 싸게 팔아주지."

"치, 친구⋯⋯."

융융은 비틀거리며 나리를 향해 걸어갔다.

큰일 났다. 완전히 나리의 술수에 걸려들고 말았다.

역시 나리는 장사를 잘한다. 사업 파트너가 그 가난뱅이 점주만 아니었다면 옛날 옛적에 떼돈을 벌었을 것 같은데 말이야. 혹시 뭔가 생각이 있는 걸까?

"그렇게 장점만 있는 상품이 진짜로 존재할지 의심하는 심정도 충분히 이해는 된다. 그렇다면 시제품을 먹어보는 게 어떻겠느냐? 자, 받아라."

바닐 나리가 상자 안에서 꺼낸 내용물은 나리가 쓴 가면 모양의 낙인이 찍혀 있는 한 입 크기 만주였다.

디자인은 좀 그렇지만 겉모습은 딱히 이상해 보이지 않았다.

여성들은 상품을 지그시 쳐다만 볼 뿐, 아무도 먹으려 하지 않았다. 그 심정은 이해한다. 솔직히 말해 어마어마하게 미심쩍으니까⋯⋯.

"이런이런, 경계하고 있는 건가. 안전성은 검증이 됐으니 안심하도록. 무능 점주가 먹어보고 엄청 좋아했지. 지금도 매 식사 전에 한 개씩 먹으려고 들 정도. 무능 점주가 다 먹어치울까 걱정되어서, 이곳에 보관하고 있지."

여자들은 나리의 설명을 듣고 미간을 찌푸렸다. 불신감이 더 커진 것 같았다.

방금 설명이 사실이라면 안락 소녀의 열매가 지녔던 중독

성을 이 식품도 가지고 있는 것 같았다. ……진짜로 괜찮은 거 맞아?

경계심은 들지만 흥미도 있는지 그 상품을 노려보며 고민하고 있는 여성들과 슬며시 거리를 둔 나는, 나리의 옆으로 가서 귓속말로 물어봤다.

"……나리. 진짜로 인체에 무해한 거지?"

"그건 이미 실험을 통해 확인했다. 이걸 먹고 싶어 안달이 날 정도의 의존성이 약간 남아 있지만 문제가 있을 정도는 아니지. 환각 작용의 제거에도 성공했다. 먹으면 살이 빠지는 것도 사실이지만, 영양가도 보완해뒀으니 굶어 죽을 일도 없다. 일주일 정도 참으면 의존성도 사라지니 안심해라."

그럼 문제가 없…… 아니, 있잖아.

약간 불안하기는 하지만 나리는 인간을 속이는 건 좋아해도 죽이지는 않거든. 그 점은 믿어도 돼.

"이상적인 건 이게 마을 사람들에게 널리 알려져서 많은 이들이 중독된 후에 품절됐다는 것을 알리고, 닷새 후에 추가분을 확보했다고 공지하면 마을 안의 여성들이 몰려들겠지. 그리고 상품이 산더미처럼 쌓인 상태에서 판매를 시작한 직후, 정체불명의 대폭발이 발생하여 상품들이 산산조각 나는 거다. 그러면 최고의 악감정을 대량으로 확보할 수 있을 것 같지 않나?"

"악감정은 손에 넣을 수 있을지도 모르지만, 우리 마을의 여자들을 적으로 돌린다면 무사할 수 없을 텐데……."

아름다워지고 싶어 하는 여자의 집념은 무시무시하거든.

그런 짓을 한다면 살해당해도 불평을 늘어놓지는 못할 거라고…….

상품 쪽을 힐끔 쳐다보니 여자들이 아직도 망설이고 있었다.

"뭘 그렇게 고민하는 건지 모르겠다만, 사지 않을 거라면 다른 이에게 팔도록 하지. 이걸 탐내는 이라면 얼마든지 있을 테니까."

나리가 상품을 정리하기 위해 손을 뻗자 여성들 전원이 그 손을 동시에 움켜잡았다.

"잠시 기다려주지 않겠나. 조, 좋다. 각오를 다지도록 하지! 나는 이걸 먹겠다!"

"조, 좋아요. 저도 클레어 님과 함께하겠어요!"

"그럼 나도 먹어볼까."

"저, 저만 빠지는 것도 좀 그러니까, 먹을래요!"

그녀들은 손을 뻗어서 만주를 쥐더니 시선을 교환한 후 동시에 먹었다.

그리고 우물우물 씹은 뒤 꿀꺽 삼켰다.

""""맛있어!""""

만주를 먹은 전원이 한 목소리로 그렇게 외쳤다.

"텁텁하지 않은 단맛과 입안에 퍼져나가는 진한 향기…… 목넘김도 좋군! 게다가 겨우 한 개 먹었는데 배가 딱 적당히

찼다!"

클레어가 눈을 반짝이며 호평을 했다.

평소에도 맛있는 것만 먹어댔을 귀족이 이렇게 호평하는 것을 보면 꽤 맛있나 보네.

나도 흥미가 있기는 한데—.

"아아, 멈출 수가 없어. 너무 맛있어서 계속 손이 가."

"이게 뭐야?! 우와, 계속 들어가네."

"메구밍도 맛을 봤으면 좋겠지만, 그 전에 내가 제대로 먹어보고 어떤 맛인지 알려줘야지."

앞 다퉈 상품을 향해 손을 뻗는 여자들을 보고 관뒀다.

살아있는 자에게 몰려드는 언데드 같아 보이네. 저 식품, 진짜로 괜찮은 거 맞아?

"이익, 이제부터는 유료다! 팔 상품을 멋대로 개봉하지 마라! 정 원한다면 돈을 내고 사먹도록!"

시제품을 다 먹어치운 여자들이 상품이 들어있는 상자를 향해 손을 뻗자 나리가 견제했다.

결국 융융과 린은 그 상품을 몇 개 구입했다.

클레어와 레인은 아예 상자 째로 사갔다.

"역시 이 몸의 안목은 정확했던 것 같군. 대량 구매를 해 준 두 사람에게는 너희의 주인이 좋아할 특제 바닐 가면을 끼워주지. 손님을 데려와준 네놈에게도 주마."

나리는 자신이 얼굴에 쓴 것과 똑같은 디자인의 가면을

나에게 건네줬다.

"아, 좋겠다~."

융융은 부럽다는 듯이 내가 받은 가면을 쳐다보았다.

이것은 의외로 인기 상품이라고 들었다. 돈이 없을 때 융융에게 팔아야지.

"이리스 님께서 좋아하시겠지만, 건네줘도 괜찮을지 모르겠군. 일전의 그 일 이후로 의적을 호의적으로 여기게 되셨는데, 혹시 더 악화가 되는 건 아닌지 걱정된다."

"맞아요. 이리스 님의 지위적으로도 문제가 될 뿐만 아니라, 요즘 들어서는 아예 도적의 기술을 익히려고 하시는 것 같으니까요."

한 나라의 왕녀가 의적에게 푹 빠진 건가. 교육 담당인 너희가 제대로 말리지 않았다간 큰일이 나는 거 아냐?

⋯⋯저 녀석들이 말한 의적이라면 나쁜 소문이 도는 귀족만 노리는 은발 이인조겠지. 요즘 들어 이야기도 자주 들었다. 바닐 나리가 쓴 것과 비슷한 가면으로 얼굴을 가리고 있다던가?

전에 폭렬걸과 융융이 그 의적을 응원하는 도적단을 만든다며 나한테도 들어오라고 권유를 한 적이 있었다.

그 자리에 이리스도 있었는데⋯⋯ 오호라. 이제야 그 녀석들이 어떤 사이인지 짐작이 되는군.

그 후 클레어와 레인은 모험에 대한 관심이 사라진 건지 텔레포트 가게로 향했다. 그리고 상품이 들어있는 상자를 나리가 가볍게 옮겨주자 그것으로 의뢰는 완료됐다.

돈은 받았으니 불만은 없지만 저 녀석들은 만족한 걸까. 머릿속에는 나리의 상품에 대한 생각밖에 없는 느낌이 들었다.

린과 용용도 구입한 상품을 들고 집으로 돌아갔다.

나도 돌아가려고 한 바로 그때, 나리가 나를 불러 세웠다.

"이 상품은 틀림없이 대박을 칠 것 같군. 일손이 부족해질 게 틀림없다. 급료를 짭짤하게 쳐줄 테니, 도와주지 않겠느냐?"

"아~, 나리한테는 미안하지만 돈이 생겼으니까 한동안은 놀면서 지내고 싶어."

"그래? 유감이군. 이 상품에 대한 점원 할인과 우선 구입 권리를 주려고 했는데 말이다. 여자들 사이에서 폭발적으로 인기를 끌어 툭하면 매진되는 상품을, 남들보다 빨리 손에 넣는 남자를 여자들이 가만히 놔둘 리가 없는데……. 유감이지만 강요는 좋아하지 않으니 관둬야겠군."

"나리, 서운한 소리 하지 말라고. 우리 사이잖아. 당연히 도와야지!"

나는 나리와 힘차게 악수를 나눴고 그렇게 계약이 성립됐다.

마도구점에 짐을 옮기는 것을 돕고 있을 때 위즈가 차를 내왔다.

"싸구려라도 괜찮으니까, 술은 없어?"

"술 말인가요? 으음, 있나 모르겠네……."

"정말 뻔뻔한 양아치군. 술은 찾을 필요 없다. 정 알코올을 섭취하고 싶으면 소독약이라도 마시도록. 그것보다, 이쪽에 뒀던 신상품이 없는 것 같다만……."

나리가 상품 선반 쪽을 쳐다보며 뭔가를 찾고 있었다.

위즈가 시선을 피하면서 수상쩍은 태도를 취하자 뭐가 어떻게 된 건지 눈치챈 나는 자리에서 일어났다.

위즈가 또 사고를 친 게 분명하고 이제부터 나리에게 혼날 게 뻔했다.

"나리, 장사에 대한 이야기는 내일 들으러 올게."

나는 휘말리기 전에 서둘러 도망치기로 했다.

위즈는 울먹거리면서 나한테 가지 말라며 호소했지만 깔끔하게 무시했다. 미인의 부탁은 가능하면 들어주고 싶지만 나리를 적으로 돌릴 만큼 무모하지는 않거든…….

문이 닫히자―.

"여기 있던 한 쌍의 가면을 어떻게 한 것이냐! 그건 장착자의 정신을 뒤바꿔주는 특별한……."

나리의 고함 소리가 들려서 나는 서둘러 마도구점에서 벗어났다.

등 뒤가 한순간 반짝인 것은 나리가 정체불명의 광선을 쐈기 때문이리라.

나는 시꺼멓게 타버렸을 위즈를 향해 마음속으로 합장을

한 후 길드의 술집을 향해 서둘러 걸음을 옮겼다.

오늘은 실컷 마셔야지. 돈도 잔뜩 있으니까!

<h2 style="text-align:center">6</h2>

시야가 흐릿해졌다.

눈앞에 안개가 낀 것 같고 내가 누구인지도 생각이 나지 않았다.

그리고 시야가 좁아진 느낌이 들었다. 마치 가면이라도 쓴 것처럼……

얼굴에 손을 대니 딱딱한 감촉이 느껴졌다.

아, 맞다. 그러고 보니 술에 거나하게 취한 상태에서 침대에 누운 것까지는 생각났다.

빛 때문에 눈이 부셨지만 끄는 것도 귀찮았기에 눈가리개 대신 나리에게 받은 가면을 쓰고 잠을 잔 건가.

"그건 아이리스 님에게 드릴 선물이지 않으냐. 그걸 레인이 쓰면 어쩌냔 말이다. 뭐, 됐다. 그걸 쓰고 이야기를 해드리면, 아이리스 님이 더 관심을 보일지도 모르지. 빨리 가자."

이건 클레어의 목소리잖아?

왜 클레어가 내 방에……. 게다가 방금, 아이리스라고 말했지? 그걸 나한테 알려주면 문제가 되는 거 아니었어?

나는 그렇게 생각하면서도 멍하니 클레어의 뒤를 따랐다.

시야가 점점 명확해지더니 주위의 광경이 보이기 시작했다.

나는 현재 푹신푹신하고 비싸 보이는 융단이 깔린 복도를 걷고 있었다.

고개를 들어보니 높은 천장, 그리고 화려하게 장식되어 있는 샹들리에가 눈에 들어왔다.

"어엇?! 여기는 어디야?!"

"왜 느닷없이 어이없는 소리를 하는 거지? 술을 마신 것도 아니면서 취한 것이냐? 그리고 여기가 왕성이라는 건 내가 설명 안 해도 알고 있을 텐데?"

……뭐?

얼굴에서 핏기가 사라지는 것이 느껴진 순간, 주위의 경치가 확연하게 눈에 들어왔다.

복도 곳곳에는 고급스러워 보이는 장식품이 놓여 있었다. 그리고 끝이 보이지 않을 만큼 긴 복도가 눈에 들어왔다.

창밖은 어둡지만 민가에서 흘러들어온 빛이 하늘에 뜬 별처럼 반짝이고 있었다.

아~ 성에서 보이는 야경은 이런 느낌이구나.

……묘하게 생생하지만 이건 꿈이 틀림없어.

"레인, 왜 그러지? 아이리스 님이 기다리고 계신다. 얼이 나가 있을 때가 아니다."

즉, 나는 현재 레인이 되어있다는 설정이구나.

어떻게 된 건지 알겠네. 기억은 나지 않지만 술기운에 서큐버스 가게에 가서 오늘 있었던 일을 로리 서큐버스에게 이야기한 뒤 꿈을 보여 달라고 부탁한 거구나.

호수에서 누드를 못 본 게 정말 아쉬웠나 보네. 그래서 이 녀석들이 야한 짓을 당하는 꿈이 보고 싶은 거야.

내가 생각해도 명추리다. 뭐, 내가 술에 취해서 사고 친 게 한두 번이 아니잖아.

그렇다면 나는 내 역할을 다하면서 즐기도록 할까. 로리 서큐버스의 음몽 레벨이 어느 정도의 경지에 오른 건지 심사하면서 말이야.

"기다려주세요. 클레어…… 님."

레인의 말투는 이런 식이었던 걸로 기억한다.

복도를 나아간 우리는 꽤 비싸 보이는 문 앞에서 걸음을 멈췄다. 이곳이 아이리스의 방이구나.

그런데 로리 서큐버스는 왕성의 내부 장식을 어떻게 알고 있는 걸까. 복도의 디자인과 장식품도 세세한 부분까지 교묘하게 재현되어 있다.

아, 그래. 오늘 내가 갔던 성 같은 장소를 조사해둔 거구나. 꽤 하는걸. 평가에 10점 플러스야.

문 앞에 선 클레어는 목을 매만지며 발을 동동 굴리기만 할 뿐, 다른 행동을 취하지 않았다.

그러고 보니 클레어는 저번에 아이리스가 자신한테 삐쳤다고 말했다. 아마 그래서 주저하고 있는 것이리라.

클레어의 심경을 드러내는 연출까지 철저하게 하고 있다. 느닷없이 에로틱한 전개로 돌입하는 것도 나쁘지 않지만 이런 세세한 연출도 나쁘지 않네. 5점 플러스야.

내가 매번 지적을 해준 보람이 있는 것 같다. 제자의 성장을 확인하고 흡족해 하는 스승은 이런 심정일까. 오늘은 네 진정한 실력을 보여 다오!

"아이리스 님에게 말을 걸지 않으실 건가요?"

"걸 거다! 하지만 또 무시를 당할까 싶어서……."

"괜찮아요. 아이리스 님도 조금 삐치셨을 뿐이니까요. 분명 클레어 님의 목소리가 듣고 싶으실 거예요."

나는 클레어를 향해 상냥한 미소를 지으며 격려했다.

……내 연기는 어때? 모험가나 하기에는 아까울 정도로 자연스러운 연기 아냐?

로리 서큐버스가 최고의 무대를 제공해줬으니 나도 최고의 연기를 선보여주겠어.

"그, 그래. 그럴 거다. 좋아! ……아이리스 님, 클레어입니다."

클레어는 문을 두드리며 아이리스의 이름을 입에 담았다. 잠시 동안 침묵이 이어졌지만—.

"무슨 일이죠……."

문 너머에서 약간 언짢은 듯한 목소리가 들려왔다.

화가 난 느낌이 감돌고 있지만 굳이 따지자면 어린애가 삐친 것에 가까웠다.

"일전에는 제가 말이 지나쳤습니다. 저도 반성했어요."

"그럼 오라버니를 만나는 걸 허락해줄 거죠?"

"그건 안 됩니다. 그 남자는 교육상 아이리스 님에게 좋지 않은 영향을 막대하게 끼치니까요!"

"클레어, 당신이 정말 미워요!"

딱 잘라 말하는걸.

어이어이, 클레어가 그대로 무너지더니 바닥에 깔린 융단을 쥐어뜯고 있잖아.

아무래도 레인 역할인 내가 끼어들어서 호감도를 올린 다음, 나중에 에로틱한 전개로 이어질 복선을 깔아두도록 할까.

"아이리스 님. 실은 저희는 오늘 액셀 마을에 다녀왔답니다."

"어, 액셀 마을에요?! 정말인가요?!"

문에 무언가가 부딪치는 소리가 들렸다. 아이리스가 너무 놀란 나머지 머리를 문에 찍은 것일까.

"예. 클레어 님은 언젠가 아이리스 님과 함께 모험가 흉내…… 생활을 경험해 보고 싶다면서, 저와 함께 사전 조사를 하러 가셨어요."

"모험가! ……거짓말 아니죠?"

"정말이랍니다. 클레어 님, 제 말 맞죠?"

"예, 그렇습니다! 지금은 이웃 나라인 엘로드와의 건 때문에 아이리스 님께서 함부로 외출하시면 문제가 되겠지만, 그것만 해결되고 나면 조금은 자유롭게 행동하실 수 있을 겁니다."

문이 약간 열리더니 문틈으로 얼굴을 내민 아이리스가 클레어를 지그시 올려다보았다.

"약속……한 거죠?"

"물론입니다! 심포니아 가문의 이름을 걸고 맹세하겠습니다!"

"그럼 용서해드릴게요."

아이리스는 문을 열면서 빙긋 미소 지었다.

순진무구하면서도 기품이 느껴지는 미소였다. 저런 미소를 코앞에서 본 클레어는 휘청거리고 있었다.

"하악하악, 마음속에서 끓어오르는 이 감정은 뭐지?"

……성적 흥분이라는 거야.

진짜 귀족 중에는 제대로 된 녀석이 없네.

"아, 슬슬 목욕을 할 시간이네요. 방에 틀어박혀 있느라 깜빡했어요."

어이쿠, 이 타이밍에 목욕 이벤트를 하는구나.

야한 연출에서는 거의 빠지지가 않지. 탈의실에서 남녀가 마주치는 상황이나, 한쪽이 먼저 들어가 있는데 그걸 모르고 들어갔다가 혼욕을 하게 된다던가 하는 것이다.

단골 중의 단골 이벤트지만 매너리즘과는 거리가 먼 왕도 이벤트다. 피해서 지나갈 수 없는 길인 것이다.

로리 서큐버스도 뭘 좀 아는걸. 20점 플러스해줘야겠어.

"맞아요. 오랜만에 같이 목욕하도록 할까요? 목욕을 하며

액셀 마을에서 모험가 활동을 했던 이야기도 들려드리고 싶
어요."

"좋아요! 레인이 그 멋진 가면을 쓰고 있는 이유도 이야기
해줄 거죠?"

"바닐 님과 재회한 이야기도 해드릴게요."

"그럼 빨리 가죠! 클레어도 벽 쪽에서 부들부들 떨지 말고
같이 가요!"

아이리스는 클레어의 손을 잡아끌었다.

황홀경에 도달한 듯한 위험한 표정을 짓고 있던 클레어가
나를 돌아보더니 엄지를 치켜들며 헤벌쭉 웃었다.

이것으로 밑준비는 끝났다. 이제 레인이 된 나도 저 두 사
람과 같이 목욕을 할 수 있다.

내가 들뜬 두 사람을 쫓으며 탈의실에 들어가 보니 그녀
들은 이미 옷을 벗고 있었다.

"저, 저기, 클레어. 간지러워요."

"여자끼리 아닙니까. 부, 부끄러워하지 마시길. 하악하악.
빠, 빨리……."

몸을 배배 꼬면서 웃고 있는 소녀에게 클레어가 콧김을 뿜
으며 다가갔다.

그야말로 변태 그 자체 같아 보였다. 하지만 지금은 그녀
에게 고마워하기로 했다.

젊은 여자들이 저렇게 뒤엉켜서 옷을 벗는 모습을 쳐다보

지 않는 남자가 이 세상에 존재할 리 없다!

"혼자 벗을 수 있거든요?! 그러니까 쳐다보지 마세요."

"그, 그런가요. 그럼 저도 벗겠습니다! 그럼 괜찮죠?!"

아이리스와 클레어는 내 눈앞에서 대담하게 옷을 벗기 시작했다.

흰색 정장 때문에 평소에는 체형을 파악할 수 없었는데 의외로 봐줄만 한 걸.

그녀가 흰색 정장 상의를 벗자, 생각보다 볼륨감이 상당한 가슴이 존재감을 과시하며 모습을 드러냈다.

아이리스가 자신을 뚫어져라 쳐다보는 클레어를 계속 신경 쓰면서 속옷도 벗었다.

흠집 하나 없는 도자기 같은 새하얀 피부가 드러났다. 아직 어린 편이지만 꽤 장래가 유망해 보였다. 어린 여자애가 취향인 녀석들이라면 흥분할지도 모르지만 나는 역시 성숙한 육체가 더 마음에 들었다.

그런 생각을 하고 있는 사이, 두 사람은 수건을 몸에 두르고 욕실로 이어지는 문을 열었다.

"자, 이걸로 저희 사이를 갈라놓는 천 쪼가리는 전부 사라졌군요. 그럼 알몸으로 좋은 시간을 함께 보내볼까요!"

"클레어의 눈빛이 너무 무시무시하네요……. 뭐하고 있는 거죠? 옷을 입을 채로는 함께 들어갈 수 없잖아요?"

내가 옷을 벗지 않고 계속 쳐다만 보고 있자 아이리스는 빨리 옷을 벗으라고 재촉했다.

내가 탈의를 하지 않는 것이 신경 쓰이는 게 아니라, 클레어와 단둘이서 목욕을 하고 싶지 않은 것 같았다.

"알았어……요."

옷을 벗지 않으면 의심을 사겠지. 현재 자신이 레인이라는 걸 떠올린 나는 정중한 말투를 의식하면서 신중하게 발언했다.

여자 옷을 입어본 적이 없어서 벗는 게 힘든걸. 게다가 나리에게 받은 가면을 아직 쓰고 있기 때문에 시야가 좁았다.

이 가면은 아이리스의 흥미를 끈다는 소임을 다했으니 벗어도 되려나. 그리고 레인의 몸도 차분하게 감상하고 싶거든. 그러니 우선 이 가면을—.

7

"어?"

소음이 들렸다.

눈에 익은 길드의 술집에서, 멍청하게 생긴 녀석들이 왁자지껄 술을 마시고 있었다.

어어어엇?! 이 타이밍에 꿈에서 깬 건가?

잠까마아아아아아안 이제부터 재미있어지려는 타이밍이었다고!

어이어이, 술을 취해 조는 사이에 그런 꿈을 보여주지 말라고. 내가 방에 돌아간 후에 보여주면 되잖아.

하지만 술을 마시고 여관의 내 방으로 돌아간 기억은 있는데……. 그것도 꿈속의 일이었던 걸까?

설마 지금도 꿈을 꾸고 있는 건 아니겠지?

시험 삼아 내 볼을 때려봤지만, 아팠다. 여기는 현실이 틀림없다.

"왜 느닷없이 자기 얼굴을 때리는 건데? 정신이 나가기라도 했어?"

방금 그 말을 한 사람은 테일러인가.

이 녀석도 술에 꽤 취했는지 얼굴이 새빨간걸.

"이제 와서 거짓말이라는 소리는 하지 말라고. 이미 선금을 줬으니까 돌이킬 수 없겠지만 말이야."

키스는 내 어깨를 두드리면서 기분 좋은 듯이 그렇게 말했다.

린은 없는 것 같지만 나는 동료나 친분이 있는 모험가와 함께 한창 술을 마시고 있는 중이었다.

"아~, 이상한 꿈을 꿨거든. 바닐 나리의 가면을 쓰고……."

"그 가면이라면 지금도 쓰고 있잖아."

키스가 가리킨 내 안면을 향해 손을 뻗어보니 가면이 만져졌다.

나는 그 가면을 벗어서 테이블 위에 둔 후 뚫어져라 쳐다보았다.

왠지 석연치 않은걸. 으음, 나는 거나하게 취한 채 여관으로 돌아가서 잠이 들었다. 그리고 왕성이 나오는 꿈을 꿨다.

그리고 그 꿈에서 깨어보니, 이곳에 있었다.

"어이, 나는 언제 술집에 온 거야?"

내가 두 동료에게 그런 소박한 질문을 던졌다.

"더스트는 오늘 평소보다 훨씬 재미있는걸. 우리가 술을 마시려고 여기 왔더니, 더스트가 술 마시고 돌아갔다고 들었거든. 그런데 새빨개진 얼굴에 가면을 쓴 네가 다시 이곳에 와서 허둥대더라고. 그래서 이쪽으로 불러서 같이 술을 마셨지."

"처음에는 묘하게도 정중하게 여자 말투를 써서 좀 이상했거든? 앞으로 술에 취했을 때는 조심하라고. 솔직히 말해 기분 나빴어. 그리고 술기운이 돌자 기분이 좋아진 건지 「아, 이건 꿈이군요! 실은 전부터 남한테 한 턱 쏴보고 싶었어요!」 같은 소리를 하더니, 「오늘 술값은 전부 제가 낼게요!」라고 선언했잖아."

술에 취해서 실수를 한 걸까. 응? ……테일러가 방금 한 말 중에 이상한 부분이 있었던 것 같은데…….

"어이, 방금 뭐라고 했어?"

"여자 말투—"

"그거 말고, 끄트머리에 말이야!"

"갑자기 왜 그래? 술값을 낸다고 했던 부분 말이야?"

테일러는 미심쩍어 하면서 나를 쳐다보았다.

키스도 어이없다는 듯 나를 쳐다보았다.

술집에 있는 이들은 잔 안의 술을 비우고 주저 없이 술과 안주를 추가로 주문했다.

"더스트, 요즘 주머니 사정이 꽤 좋아졌나 보지? 그럼 마음껏 얻어먹겠어."

"메뉴판 제일 위에 있는 것부터 차례대로 가져와! 남의 돈으로 먹고 마시는 거라 평소보다 더 맛있는 것 같네! 일 안하고 먹는 밥은 최고야!"

"가장 비싼 술을 내와! 오늘은 토할 때까지 마셔주지이이잇!"

어이, 농담이지? 이 녀석들이 먹고 마시는 걸 내가 전부 계산했다간, 오늘 받은 보수가 다 날아가 버릴 거라고……

"어이, 인마! 이제 마시지 마! 어이, 더는 술과 음식을 내오지 말라고! 어, 잡지 마! 놓으란 말이야!"

나는 필사적으로 저항했지만 선금으로 내놨다는 거금은 전부 날아가고 말았다. 결국 오늘의 수입은 제로가 아니라 마이너스였다.

저 공주님에게 하룻밤의 꿈을

1

"나리! 이 가면은 대체 뭐야?!"

불같이 화를 내며 마도구점에 쳐들어갔는데, 바닥에 널브러져 있는 위즈가 발에 걸릴 것 같아서 일단 구석으로 옮겨뒀다.

바닐 나리는 내가 내민 가면을 보더니 이마를 짚은 뒤 고개를 저었다.

"역시 어제 건네준 가면이 그거였군. 이 무능 점주는 괜한 짓을 안 하면 안 되는 숙명이라도 짊어지고 있는 건가."

나리가 노려본 이는 내가 아까 구석으로 옮겨둔 위즈였다.

"자기만 납득하지 말고 좀 가르쳐줘. 이 가면은 대체 뭐야?"

"그건 어떤 마도구를 참고해서 만든 물건인데, 가면 두 개가 한 쌍을 이루고 있지. 같은 타이밍에 쓰면 정신이 뒤바뀌는 재미있는 아이템이다."

즉, 내 정신은 레인의 몸에 들어갔고 내 몸에는 레인의 정신이 들어간 건가.

"어제 일은 꿈이 아니었구나……. 젠자아아앙! 그런 줄 알았으면 이런 짓 저런 짓 다 할 수 있었을 텐데! 가슴을 주무르거나, 거울 앞에서 섹시한 포즈를 취하거나, 미남을 헌팅해서 돈을 잔뜩 뜯어낸 다음에 매몰차게 차버린다던가 말이야아아아앗!"

너무 분한 나머지 다리에서 힘이 풀린 나는, 그대로 무너지듯 무릎을 꿇고 바닥에 몇 번이나 주먹질을 했다.

그게 현실이라면 해보고 싶은 일이 얼마든지 있었다.

"꽤 재미있는 일을 겪었나 보군."

"재미있기는 무슨! 그 가면 때문에 어제 번 돈을 전부 날렸을 뿐만 아니라, 에로틱한 일도 어중간한 데서 끝나고 말았다고!"

"그 짜증은 저기 굴러다니고 있는 혼기 놓친 노처녀에게 퍼부어라. 저 녀석이 단골손님에게 드릴 서비스 가면과 고급 가면을 헷갈린 바람에 이런 사태가 벌어진 거니까 말이다."

내가 화를 내야 할 대상은 눈이 까뒤집어진 채 시꺼멓게 타버렸잖아. 저런 상태인 사람에게 대체 어떤 식으로 벌을 주라는 거냐고…….

"그래도 저런 상태인 사람한테 어떻게 화를 내란 말이야. 하지만, 잠깐만 있어봐……. 만약 레인이 또 이 가면을 쓴다면, 우리의 정신이 또 뒤바뀌어……."

"유감이지만 그건 무리다. 범죄를 방지하기 위해 효과는 딱 한 번만 발휘하게 되어 있지. 뛰어난 마력을 지닌 자라면 두 번 정도는 가능할지도 모르지만, 네놈은 무리다."

1회용 아이템인 거냐.

레인을 잡아서 어제 술집에서 날린 돈을 돌려받고 싶었지만 이제 두 번 다시 그 녀석들을 만날 일은 없을 것이다.

나리에게 따져봤자 좋을 게 없어서 나는 별말 없이 마도구점을 나섰다.

텅 빈 지갑을 어떻게든 하기 전에 우선 배부터 채워야겠다. 내가 에리스교의 무료 배식을 이용하거나 잡화점 아저씨의 도시락을 훔칠 생각을 하고 있을 때, 융융이 카페에 들어가는 모습이 눈에 들어왔다.

마침 밥 얻어먹기 좋은 상대를 발견했다. 내가 카페에서 무릎을 꿇고 사정하면 저 녀석은 불평을 늘어놓으면서도 밥을 사줄 것이다.

내가 뒤따라 가게에 들어가 보니 창가자리에서 안절부절못하고 있는 융융의 모습이 눈에 들어왔다.

그 옆에는…… 폭렬걸이 있었다. 저 녀석은 잔소리가 심한데다 융융의 보호자를 자처하기 때문에 성가신데…….

융융에게 얻어먹는 것은 포기하고 돌아갈까 했지만 그녀들의 맞은편에 앉아있는 이들을 보자 마음이 바뀌었다. 멀리서 봐도 눈에 띄는 흰색 정장을 입은 여자와, 안색이 나쁘고 수수한 복장을 한 여자였다.

클레어와 레인이 무슨 일로 저 두 사람을 만나는 거지?

"정신 차려라, 레인. 마치 숙취 때문에 고생하는 것 같군. 어제도 그 가면을 쓴 후로 꽤 이상했었는데 말이야."

"죄송해요, 클레어 님. 꿈자리가 뒤숭숭해서 이런 걸까요. 꿈에서 모험가가 된 제가 술을 엄청 마셨던 것까지는 기억하고 있는데……."

레인은 손으로 입을 막고 있었다. 어제 일이 꿈이라고 생각하는 건가.

저 멤버 구성을 보고 흥미가 생긴 나는 저 녀석들의 눈에 띄지 않도록 조심하면서 뒤편에 있는 자리에 앉았다.

여기라면 저 녀석들의 목소리가 잘 들릴 것이다.

"오늘, 연락을 한 이유는 아이리…… 이리스 님 때문이다."

"메구밍 님, 오랜만이에요. 카즈마 님은 잘 계신가요? 오늘은 같이 오지 않았군요."

"오늘은 집에서 잠이나 퍼질러 자느라 바빠 보였거든요. 지금은 집에 얌전히 있을 거예요."

겁먹은 어조로 질문을 던진 레인은 메구밍의 대답을 듣고 안도의 한숨을 내쉬었다. 클레어도 가슴을 쓸어내렸다.

……엄청 경계하고 있는걸. 카즈마는 이 녀석들에게 무슨 짓을 한 거지? 다음에 술을 잔뜩 먹인 후 캐물어봐야겠다.

"그 말을 듣고 진심으로 안심했어요. 오늘은 부탁이 있어서 찾아온 거예요. 이리스 님께서, 두 분은 이 액셀 마을에서 가장 사이가 좋은 친구 분이라고 말씀하셨거든요."

"치, 친구라고요? 에헤헤헤헤."

"기분 나쁜 웃음 좀 흘리지 마세요. 이리스는 친구가 아니라 단원이고, 저는 두목이라고요. 그리고 그녀와 저는 라이벌 사이이기도 해요. 이리스는 자기 입장도 고려하지 않고 억지를 부리고 있는 건가요? 요즘은 이쪽에 놀러오지도 않는 것 같던데 말이죠."

이 녀석들, 전부 아이리스와 연관이 있는 건가.

메구밍의 말투로 볼 때 아이리스의 정체를 알고 있는 것 같았다. 융융은…… 모르는 것 같네.

"가문 내부의 일 때문에 정신이 없는 데다, 이웃 나라에서 사신이 온 바람에, 이리스 님은 집밖으로 나가실 수 없는 상황이에요. 그렇지 않더라도, 함부로 빠져나가신다면 곤란하지만 말이에요."

"이리스 님의 탈주를 돕는 자가 있다는 정보를 입수했다. 이리스 님이 모습을 감출 때, 왕도 인근에서 폭발 소동이 일어나서 경비가 허술해지고 있는데…… 두 사람은 그 점에 대해 아는 게 없나?"

클레어가 질문을 던지자 융융과 메구밍의 몸이 화들짝 놀란 것처럼 부르르 떨렸다.

"그, 그런 자들이 있나요. 정말 괘씸한 녀석들이군요!"

"으, 응. 저, 저는 아무것도 몰라요. 메구밍에게 협박을 당하고 있는 것도 아니거든요?"

식은땀을 흘리면서 늘어놓는 변명이 너무 엉성했다. 이 녀석들, 그 일에 가담하고 있는 게 틀림없네.

휘파람을 부르는 시늉을 하며 얼버무리려고 하는 모습은 수상하다 못해 우스꽝스러웠다.

"클레어 님, 그 점에 관한 추궁은 다음에 하죠. 오늘, 저희는 부탁을 드리러 온 거니까요."

이야기를 이끌어나가는 게 참 능숙한걸. 이러면 폭렬걸과 융융은 거절을 못할 것이다.

반쯤 협박에 가깝지만, 이것도 교섭술이다.

"그 부탁 말입니다만, 사실 저희와 말다툼을 한 이리스 님께서는 기분이 상하셨는지 며칠 전까지 저희를 계속 피하셨어요."

"다람쥐처럼 볼을 부풀리고 있는 모습이 참 사랑스러웠지."

"클레어 님은 입을 좀 다물고 계세요. 어젯밤에 이런저런 이야기를 나눈 덕분에 기분이 풀리신 것 같지만, 최근의 마음고생 때문에 스트레스가 쌓인 것 같다는 푸념을 저희 앞에서 입에 담으셨죠."

"교육 담당이자 호위이기도 한 우리에게는 말할 수 없는 일이 있으신 것 같았다. 그래서 이리스 님의 친구인 두 사람이라면 이리스 님께 기분 전환을 시켜드릴 방법을 알고 있지 않을까 싶어, 이렇게 찾아온 거다."

그런 꼬맹이라도 왕녀로서의 책무를 수행하고 있을 것이다. 자유가 없는 공주님…….

"으음, 이리스 양이 왜 언짢은 건지 가르쳐주실 수 없나요?"

"아, 죄송해요. 저희의 설명이 부족했군요. 가문과 연관이 된 일이라 자세하게 이야기드릴 수는 없지만, 이리스 님께서는 우수한 오라버니가 계신데 현재 마왕군과 싸우기 위해 전선에 나가 계세요. 그 동안 제1왕…… 장녀이신 이리스 님이 가문의 잡무를 도맡아서 처리하고 계시죠."

"이리스의 처지라면 여러모로 귀찮을 테죠. 아, 융융에게는 비밀이었던가요."

"전부터 수상하기는 했는데, 나한테 뭔가를 숨기고 있지?! 이리스 양은 상식이 부족하고, 귀족인 이 두 사람이 교육을 담당하고 있다는 것도 확실히 이상하기는 해! 혹시 이리스 양은……."

자기만 자초지종을 모르는 듯한 융융이 메구밍의 어깨를 움켜쥐고 마구 흔들어댔다.

"세상에는 모르는 편이 나은 진실도 있어요."

"그런 소리를 하니까 더 신경 쓰이잖아! 레인 씨와 클레어 씨도 저한테 뭔가를 숨기고 있죠?"

"이리스 님께서 비밀로 하시고 있는 일을 저희가 말할 수는 없으니까요. 그리고 이 사실을 알았다간 자칫 잘못하면 목이 날아갈 수도 있는데……. 그래도 알고 싶나요?"

융융은 그 말을 듣더니 목이 떨어져 나갈 것처럼 격렬하게 고개를 저었다.

레인은 미안하다는 듯이 고개를 숙였지만 내 생각에도 융융은 모르는 편이 나을 거라고 생각한다.

상대가 왕녀라는 걸 알게 되면 제대로 이야기도 나누지 못할 만큼 긴장할 테니까.

"그럼 이야기를 계속해도 될까요?"

"아, 죄송해요. 계속 이야기하세요!"

"그러니, 이리스 님이 흥미를 가지고 계신 거나 좋아하는 걸 가르쳐주셨으면 해요."

"으음, 모험담을 좋아했죠. 카즈마의 이야기도 넋을 잃고 들었을 정도에요. 자유로운 모험가를 동경한다는 말도 한 적이 있는 것 같네요."

"그건 우리도 알고 있다. 언젠가 단 하루만이라도 이리스 님이 모험가로 활동하시는 걸 도울 수 있도록, 우리가 먼저 모험가의 활동을 경험해보기도 했지. 융융 님, 일전에는 신세졌다."

"아, 아뇨. 고개를 드세요! 그때는 저도 즐거웠어요."

"제가 모르는 사이에 교우 관계를 확장하고 있나 보네요."

폭렬걸은 약간 삐친 표정을 지었다.

질투하나 보네. 항상 결투니 뭐니 하며 다투지만 실은 사이가 좋다는 건 액셀의 모험가라면 누구나 다 알고 있다.

"그것 말고 이리스 양이 흥미를 가졌던 건…… 드래곤나이트 이야기였지? 공주님과 맺어지지 못한 비련의 사랑 같은 건 확실히 여자라면 누구나 동경할 거야."

"공주님을 유괴한 바람에 귀족의 지위를 잃었던 그 무모한 드래곤나이트 말이군요. 저는 왜 다들 그 이야기를 좋아하는 건지 이해가 안 돼요."

나도 그 말에는 동감이야.

"메구밍은 정말 이상하다니깐! 진짜 멋진 이야기잖아!"

꿈 많은 소녀가 좋아할 법한 이야기지만 머릿속이 폭렬마법으로 가득 찬 메구밍은 흥미가 없어 보였다.

클레어와 레인은 미묘한 표정을 지었다.

"그 이야기는 귀족 사이에서도 유명하지. 이리스 님은 그 공주와 자신을 겹쳐보고 계신 걸지도 모르겠군."

"클레어 님, 지금 왕도에 사신으로 와있는 분이 드래곤나이트죠? 그분에게 이리스 님을 드래곤에 태워달라고 부탁한다면, 충분히 기분 전환이 되지 않을까요?"

"그건 위험하지 않을까? 그리고 지위적으로도 허락되지 않을 거다."

그 후에도 여러 가지 아이디어가 나왔으나 밥을 얻어먹을 분위기와는 거리가 멀어 보였기에 나는 몰래 가게를 빠져나왔다.

"왕녀니까 여러모로 고생이 많겠지. 그 점은 동정하겠어."

나는 혼잣말을 하듯 그렇게 중얼거린 후 찝찝한 마음을 풀기 위해서 술집으로 향했다.

2

　그건 그렇고, 이건 또 무슨 일일까.

　술집에서 지인을 발견하지도 못하고 외상도 안 된다고 해서 삐친 채 돌아와 침대에 누운 나는, 딱히 할일도 없었기에 나리에게 받았던 가면을 다시 써봤다. 그런데 또 경치가 바뀌었다.

　눈앞에는 가면을 쓴 금발 소녀가 있었다.

　고급스러운 잠옷을 입었고 어찌된 건지 침대의 시트를 망토처럼 목에 두르고 있었다.

　어딘가에서 본 적이 있는 사람 같은데 가면 때문에 알아볼 수가 없었다.

　"은발도적단의 이리스, 등장!"

　거울 앞에 선 그 소녀는 시트를 망토처럼 펄럭이며 묘한 포즈를 취했다.

　이 녀석은 이리스, 그러니까 아이리스 왕녀인가.

　또 정신이 뒤바뀌었나 했더니 그렇지는 않은 것 같았다.

　아이리스는 자유롭게 움직일 수 있지만 나는 그녀의 몸을 조종할 수 없었다. 그저 정신이 동거하고 있을 뿐인 것 같았다. 게다가 내 목소리와 생각도 상대방에게 전해지지 않았고 그저 지켜보는 것 밖에 못했다.

"역시 이 가면은 멋지네요. 오라버니와 함께 이 가면을 쓰고 의적으로 활동하면 참 좋겠어요."

아이리스는 쓸쓸한 목소리로 그렇게 중얼거렸다.

왕녀는 의적이 되고 싶어 한다. 이루어지는 게 불가능하다 해도 과언이 아닌, 무모한 꿈이었다.

"그런 꿈같은 소리를 할 때가 아니죠. 저는 왕녀로서 해야만 하는 일이 있으니까요."

아이리스는 방에 놓인 책상의 서랍을 열더니 그 안에서 서류를 꺼냈다.

책상 위에 놓인 서류를 살펴보던 아이리스는 이마를 짚으며 한숨을 내쉬었다.

"역시 이대로는 방법이 없어요. 엘로드의 레비 님에게 애걸복걸을 해서라도 자금 원조를 받아내지 않는 한, 마왕군과 전쟁을 할 수가……."

아까 보던 서류에 적힌 것은 각국의 자금 원조 액수인 걸까.

이 나라— 베르제르그 왕국은 마왕군과 유일하게 국경이 닿아있는 나라이며, 이 나라가 함락되면 다른 나라들이 위험에 처하게 된다.

각국도 그 점을 인식하고 있기 때문에 정기적으로 베르제르그 왕국에 지원군을 보내고 있지만 병력이 부족한 나라는 자금 원조를 해주고 있었다. 그 중에서도 자금 원조 액수가 큰 나라가 바로 엘로드일 것이다.

그 나라는 카지노로 유명하고 부자들에게서 거금을 뜯어내어 상당한 부를 축적한 것으로 알려져 있다.

"약혼자인 제가 직접 부탁을 하면, 원조 액수를 늘려줄지도 몰라요."

이것이 아이리스를 고민에 빠뜨린 원흉인가.

약혼 자체는 왕족에게 흔한 일이다. 젊은 나이에 정략결혼을 한다는 것은 왕족으로 태어난 여자의 의무 같은 것이다.

신분이 다른 이들의 사랑이 이뤄지는 건 어디까지나 이야기 안에서 가능하고, 왕족의 결혼에 꿈이나 희망 같이 물러 터진 것은 존재하지 않는다.

"오라버니는 지금 뭘 하고 계실까요. ……주위에 여성이 많아서 걱정이에요. 항상 같이 붙어 다니는 두목님이 적극적으로 어필하는 건 비겁하다고 생각해요! ……오라버니는 저에게 약혼자가 있다는 걸 알면 화내실까요. 아니면 질투하실까요……. 질투한다면, 기쁠 것 같아요."

이마에 손을 대며 배시시 웃는 아이리스는 같은 또래의 평범한 여자애처럼 보였다.

"그 드래곤나이트처럼, 오라버니가 저를 납치해주신다면……. 나라도, 지위도 다 버리고 사랑하는 이와 함께 고국을 떠난 공주는 대체 어떤 생각이었을까요."

실은 그분의 명령으로 떠났을 뿐이다. 나는 아이리스에게 그렇게 말해주고 싶었다.

"하아……. 제가 지금 무슨 생각을 하는 걸까요. 이런 억지가 허락될 리 없는데 말이에요."

억지, 라. 그저 상상만 할 뿐, 행동으로 옮기지 않는 넌 귀여운 편이라고…….

진짜로 제멋대로인 왕녀란, 남의 말을 듣지도 않고 고지식하기 그지없는 기사를 멋대로 휘둘러대며, 자유분방하게 살던 그분 같은 사람을 말하는 거야.

"왕녀인 제가 도망친다면, 이 나라는 마족에게 멸망당하고 말겠죠. 그런 무책임한 짓을 할 수는 없어요. ……하지만, 그 공주님과 드래곤나이트처럼 자유롭게 하늘을 날 수 있다면, 이런 고민은 싹 사라질 것 같아요."

막대한 책임과 의무가 이 소녀의 조그마한 어깨를 짓누르고 있었다.

그런데도 용케 무너지지 않고 지금까지 잘 해오고 있었다. 진심으로 그렇게 생각한다.

왕녀는 발코니로 나가더니 왕성 안뜰에서 잠을 자고 있는 드래곤을 바라보고 쓸쓸한 미소를 지었다.

그 드래곤에게는 탑승용 안장이 채워져 있었다. 그것도 눈에 익은 타입이었다.

저것은 엘로드가 아니라 다른 나라의 사신이 타고 온 드래곤인가.

"아이리스 님. 목욕을 하실 시간입니다."

"알았어요. 금방 갈게요."

방금 그건 클레어의 목소리인가.

아이리스는 문 쪽으로 걸어가더니 자신이 가면을 쓰고 있다는 걸 떠올린 건지 걸음을 멈췄다. 그리고 거울에 비친 자신의 모습을 한 번 더 쳐다본 후 가면에 손을 댔다.

3

어둠에 사로잡힌 의식이 원래대로 되돌아오자 여관방의 낡은 천장이 눈에 들어왔다.

얼굴에 손을 대보니 쓰고 있던 가면에 금이 가 있었다. 아무래도 사용 횟수가 오버되어 박살난 것 같았다.

방금 현상은 왕족인 아이리스의 방대한 마력이 가면에 흘러들어가면서 가면의 효과가 비정상적으로 발현된 것이리라.

왕족으로 태어난 자의 고뇌…….

옛날에 그것을 싫증날 정도로 지켜봤던 나는—.

"관두자, 관둬! 예전 일을 떠올려서 어쩌냐고."

역시 아이리스와 얽히는 게 아니었다. 약혼, 그리고 왕족으로서의 고뇌……. 양쪽 다 그분을 떠올리게 했다.

눈을 감자 어느 여성의 모습이 머릿속에 떠올랐다.

"린에게 술 좀 사달라고 부탁해볼까."

오늘은 술기운을 빌리지 않으면 잠이 오지 않을 것 같았기에, 침대에서 벌떡 일어난 나는 겉옷을 걸치고 밖으로 나갔다.

결국 한숨도 자지 못했다.

웬일로 린이 불평을 늘어놓으면서도 술을 사줬지만 전혀 취하지 않았고 정신을 차려보니 아침이 되었다.

"진짜 나답지 않네. 절친을 찾아가서 꼭두새벽부터 술을 얻어먹어야겠어."

평소처럼 길드의 술집에 가서 안을 둘러보니 카즈마는 없었지만 융융과 메구밍이 있었다.

융융의 특등석이 된 창가에서 두 사람은 큰 목소리로 이야기를 나누고 있었다.

내가 근처에 앉았지만 이야기에 열중한 나머지 내 존재 자체를 눈치채지 못한 것 같았다.

"역시 기분 전환에는 산책이 최고라고 생각해! 우리가 집으로 마중을 가자. 그리고 같이 쇼핑이라도 하며 돌아다니는 건 어떨까?"

"하아~. 잘 들어요. 전에도 말했다시피 이리스의 집은 경비가 엄중하기 때문에 쉽게 빠져나올 수 없어요. 정면 돌파는 무모하기 짝이 없는 짓이라고요."

"저기, 그냥 같이 놀자고 불러내면 안 되는 거야? 왜 정면 돌파 같은 무시무시한 단어가 튀어나오는 건데? 역시 나한테 중요한 걸 숨기고 있는 거지?! 나만 따돌리지 말고 가르쳐줘!"

메구밍은 울상을 짓고 따지는 융융을 귀찮다는 듯이 떼어내려 했다.

가르쳐주지 않는 건 절반은 융융을 놀리기 위해, 그리고 남은 절반은 융융을 생각해서겠지.

"진짜로 알고 싶나요? 진짜로 가르쳐줘도 되나요? 후회 안 할 거죠?"

"어, 그렇게 말하니까 좀…… 무섭네."

"정 듣고 싶다면 가르쳐줄게요. 나중에 질질 짜면서 안 듣는 편이 나았을 거라며 후회하겠지만, 저는 일단 말렸다고요."

갑자기 상냥한 표정을 짓고 그렇게 말한 메구밍은 융융이 도망치지 못하도록 그녀의 어깨를 움켜잡았다.

불온한 느낌이 든 융융은 필사적으로 도망치려 했으나 놔주지 않을 속셈 같았다.

"자, 잠깐만 있어봐, 메구밍! 그냥 안 듣는 편이 좋을지도 모르겠어."

"아뇨, 들어주세요. 아니, 들려주겠어요! 이제 와서 무르려고 해봤자 소용없다고요!"

"아, 안 돼! 이제 됐어! 듣고 싶지 않단 말이야아아앗!"

내가 그런 두 사람을 쳐다보며 물을 마시고 있을 때 누군가가 옆자리에 앉았다.

"네가 여자애를 쳐다보고 있기만 해도, 왠지 범죄자 같네."

"어이, 그게 무슨 의미야?!"

나한테 독설을 뱉은 사람은 바로 린이었다.

평소 같으면 성희롱이라도 해줬겠지만 나는 어제 이 녀석에게 술을 얻어먹었다. 그러니 오늘은 봐주기로 했다.

"점원, 샐러드를 주문할게."

"나는 술과 기름진 걸 먹겠어."

"은근슬쩍 같이 주문하지 말아줄래? 사주지 않을 거야."

"쪼잔하게 굴지 말라고. 너도 고기 좀 먹지 그래? 샐러드만 먹어대니까, 거기가 성장하지 않는 거잖아."

린의 가슴을 뚫어져라 쳐다보니 역시 발육 상태가 좋지 않았다.

융융은 저 나이에 저렇게 멋지게 자랐는데 말이다.

"언젠가 너한테 성희롱을 당한 피해자들을 모아서, 너를 감옥에 처넣어버릴 거야. 그리고 어제는 너한테 사준 게 아니거든? 어디까지나 돈을 빌려준 거야."

"앗, 인마. 너무하네. 어제만 해도 네가 술을 산다고 했었잖아! 가슴만 아니라 배포도 작은 거냐?!"

"더스트한테는 그런 소리 듣고 싶지 않거든?! ……저기 말이야. 너, 요즘 들어 좀 이상해."

린은 갑자기 진지한 표정을 짓더니 나를 향해 고개를 내밀었다.

이마가 닿을락 말락 할 정도로 다가와서 일단 입술을 내밀고 키스할 준비를 했다.

린이 미소를 짓고 내 눈을 향해 손가락을 서서히 내밀었고…… 그녀의 손가락은 그대로 내 안구에 닿았다.

"끄아아아악! 이 자식, 내 눈을 찔렀어! 보통은 뜨거운 키스를 나눌 타이밍 아냐?!"

"내가 왜 너랑 키스를 해야 하는데? 입술이 문드러질 거야. 그것보다, 저 애들을 도와주는 게 어때? 실은 신경 쓰이지? 네가 이상해진 것도 그 귀족들을 만난 다음부터잖아."

린이 말한 게 누구인지는 물어볼 필요도 없었다.

홍마족 두 사람은 어느새 어떻게 아이리스를 집에서 데리고 나올 건지를 가지고 다투고 있었다. 메구밍은 먼 곳에서 자신이 폭렬마법으로 문을 박살내면 융융이 당당하게 자기 이름을 밝히며 난입한다는 작전을 내놨고, 융융은 그 작전을 필사적으로 거부하고 있었다.

"저대로 내버려뒀다간, 쟤들이 말도 안 되는 짓을 저지를지도 몰라."

"에이, 진짜로 저런 짓을 벌어지는 않을 거야……. 벌이지 않겠지?"

나는 내 입으로 부정했지만 왠지 불안했다.

메구밍이 자리에서 힘차게 일어서더니 그대로 길드에서 뛰쳐나갔고, 울상을 지은 융융이 「제발 부탁이야! 하지 마아아아!」라고 외치며 쫓아갔다.

"……감시를 하는 편이 좋을 것 같지 않아?"

"……으, 응."

액셀 마을에서 난동을 피운다면 그냥 방치해둬도 되겠지만 왕도에서 허튼 짓을 했다간 그대로 체포될 것이다.

설령 체포되더라도 아이리스가 손을 써주면 풀려나겠지만 그녀의 고민거리가 늘어나면 진짜로 큰일이 날지도 모른다.

속내를 털어놓자면 보호자인 카즈마에게 전부 떠넘기고 싶었다. 그러나 지금은 그를 부르러 갈 시간이 없다.

저 두 사람은 텔레포트 가게로 가더니 주저 없이 왕도로 향했다. 우리도 린의 돈으로 그 두 사람을 쫓아갔다.

"저기, 어디까지나 돈을 빌려주는 거니까 갚아. 알았지? 귀 막지 마."

"거금이 들어오면 갚을 테니까 걱정하지 마. 나만 믿으라고."

"믿을 사람이 따로 있지, 너를 어떻게 믿어? 너와 한 약속만큼 못 믿을 게 없거든?"

진짜 한 마디도 지지 않는 녀석이었다.

여기서 말다툼을 벌였다간 폭렬걸을 놓칠 것 같았기에 일단 입을 다물기로 했다.

그 이인조는 곧장 성으로 향하고 있는 걸까. 벌건 대낮에

이 나라의 공주를 강탈하러 갈 정도로 바보는 아니겠지. 그렇게 생각하면서 일정거리를 유지하며 미행해보니…….

"자~, 이 광장에서 쏘면 완벽할 것 같네요! 제가 폭렬마법으로 성문을 날려버릴 테니까, 뒷일을 부탁해요!"

바보였군…….

왕도의 커다란 광장에서 성을 향해 지팡이를 들고 영창을 시작한 정신 나간 애, 그리고 허둥대기만 할 뿐 아무짝에도 쓸모없는 외톨이 여자애가 내 눈에 들어왔다.

"관두자! 그런 짓을 했다간 엄청 혼날 거야!"

"혼나기만 하고 끝날 것 같냐?!"

나는 영창 중인 폭렬걸의 지팡이를 빼앗았다.

"뭐하는 거죠?! 돌려주세요!"

내가 치켜든 지팡이가 손에 닿지 않자 폭렬걸은 껑충껑충 점프를 하면서 지팡이를 되찾으려고 했다.

이런 모습은 어린애 같아서 귀엽지만 홍마족은 하나같이 정신 상태가 요 모양 요 꼴인 걸까.

일전에 융융은 홍마족 중에서 괴짜라고 들었는데, 설마 모든 홍마족이 하나같이 폭렬걸 같다면 진짜 최악이겠는 걸. ……뭐, 그렇지는 않겠지.

"너희 둘 다 바보 같은 짓은 관둬."

"양아치한테 그런 소리를 듣고 싶지는 않거든요?!"

"더스트 씨가 그런 소리를 해봤자 설득력이 없는데……."

융융이 자기를 대신해 폭력걸을 말려준 나에게 그런 소리를 늘어놓길래, 나는 그녀의 관자놀이에 꿀밤을 날려줬다.

"으으, 너무해요. 더스트 씨에게 성희롱을 당했어요……."

나는 우는 시늉을 하는 융융을 깔끔하게 무시했다.

"뭘 하러 온 거죠? 저희를 방해하러 온 거라면, 언젠가 홍마족의 족장이 될 융융이 가만히 있지 않을 거예요!"

"이럴 때만 나한테 떠넘기지 말란 말이야!"

"딱히 방해할 생각은 없어."

"어, 안 말릴 거야?!"

"일단 내 말 좀 들어봐. 나쁜 짓을 벌일 때는 좀 더 머리를 쓰란 말이야. 정공법 같은 건 바보들이나 하는 짓이지. 남의 허를 찌를 뿐만 아니라, 상대방이 진짜로 싫어할 짓이 뭔지 생각해봐. 그게 가장 효과적이고 효율이 좋다고."

나는 그렇게 말하고 히죽거렸다.

이 녀석들은 하는 짓이 우직하고 단순했다. 어차피 할 거면 좀 더 화려하고 즐겁게 일을 벌이자고…….

"너, 평소처럼 못된 표정을 짓고 있어."

린은 약간 기쁜 말투로 그렇게 말했다.

4

내가 성에 숨어들어가는 역할을 자처하자 다들 미심쩍은

눈길로 쳐다보았다. 하지만 작전을 설명해주니 나 말고는 적임자가 없다며 마지못해 납득했다.

작전을 실행에 옮기기 전에 준비해야 할 것이 있어서 나 혼자 액셀 마을로 돌아갔다.

돌아간 건 좋지만 문제는 그 녀석을 찾아낼 방법이다.

린은 자기가 가르쳐준 방법을 쓰면 간단히 찾을 수 있을 거라고 말했지만 진짜 이런 방식으로 찾아낼 수가 있을까.

"뭐, 일단 시도는 해볼까. 스읍~, 오늘은 남자와 단둘이서 술을 마시고 싶네~! 돈 많은 귀족 도련님이 나한테 술을 사주면 참 좋겠는데~!"

나는 길 한복판에서 목청껏 그렇게 외쳤다.

길을 가던 사람들이 나를 손가락질하며 소곤거렸지만 내가 이 정도 일로 부끄러워할 리 없잖아.

"이 방법으로 그 녀석이 나타날 리가—."

"더스트 씨 아니십니까. 하악하악, 오랜만이군요."

"우왓?!"

어, 어느새 나타난 거지?!

내 등 뒤에는 투구를 눌러쓴 남자 귀족이 서 있었다.

……진짜로 나타났잖아. 이 녀석은 저번에 서큐버스 가게가 위기에 처했을 때 도와줬던 남자 귀족이었다. 나는 투구 자식이라고 마음속으로 부른다.

이 시간대에는 대로변에 있는 술집 주변을 어슬렁거린다

고 들었는데, 그게 사실일 줄이야.

"여어, 오랜만이야. 숨이 찬 것 같은데, 그 투구를 벗는 게 어때?"

"아, 아뇨. 이건 소중한 투구거든요, 하악하악. 신경 쓰지 마세요, 하악하악."

"네가 괜찮다면야……. 아, 맞다. 여기서 이렇게 마주친 것도 인연이잖아. 부탁 하나만 들어주지 않겠어?"

"뭐죠?! 어떤 부탁이든 다 들어드리겠습니다!"

내 손을 움켜쥔 투구 자식의 손은 땀으로 범벅이 되어 있었다.

거친 숨을 내쉬는 걸 보면 조깅이라도 하던 중이었을까.

"미안한데……."

그날 밤. 우리는 낮에 짠 계획을 실행에 옮기기로 했다.

뭐, 계획이라고 하기에는 단순한 꿍꿍이지만 말이다.

나는 성 근처에서 밤하늘을 올려다보았다.

공교롭게도 하늘은 두꺼운 구름에 뒤덮여 있어서 별이 보이지 않았다.

"슬슬 시간이 됐네."

내가 시간을 확인하고 그렇게 중얼거린 순간, 하늘을 향해 붉은 빛이 뿜어지더니 그대로 굉음을 내며 대폭발을 일으켰다.

꽤 떨어진 곳에 있는 나한테도 격렬한 폭풍이 밀려왔다.

하늘의 구름이 폭렬마법의 위력에 의해 소멸되자 하늘을 뒤덮은 별이 모습을 드러냈다.

왕도는 치안이 좋기 때문에 마을 안에서 하급 마법을 쓰기만 해도 난리가 난다. 그런 곳에서 폭렬마법을 쏘면 어떻게 될까? 그야 뻔했다.

성문이 열리고 병사들이 일제히 뛰쳐나갔다.

"마을 안에서 감히 저런 마법을 쓰다니! 이런 짓을 벌인 건 마왕군의 입김이 닿은 녀석이 틀림없다! 발견 즉시 죽여도 상관없다!"

선두에 서서 무시무시한 지시를 내린 이는 클레어였다. 밤인데도 흰색 정장을 입고 있어서 꽤 눈에 띄는걸. 클레어의 옆에는 레인도 있었다.

예상했던 대로의 전개다. 이대로 뒀다간, 마력이 바닥난 메구밍을 둘러메고 도주 중인 융융이 잡힐지도 모른다.

이럴 때는 지휘계통을 혼란스럽게 만드는 게 최고였다.

"귀족의 저택에 은발도적단이 나타났대!"

골목 쪽에서 여자의 목소리가 들렸다.

그것도 한두 명이 아니라 여러 명이 그런 이야기를 하고 있었다.

린이 이야기를 잘 퍼뜨린 것 같았다.

"어이, 오늘 한정으로 그 소문 자자한 다이어트 상품이 판매되고 있대!"

"귀족과 왕족도 애용한다는 그 인기 상품 맞지?! 이거, 빨리 안 가면 바닥날지도 몰라!"

이번에는 반대편 골목 쪽에서 남자들이 큰 목소리로 그렇게 외쳤다.

이건 자초지종도 묻지 않고 우리를 도와주고 있는 테일러와 키스의 목소리였다.

내 동료는 하나같이 괴짜라니깐. ……다음에 술이라도 사 줘야겠네.

그 목소리를 들은 클레어와 레인이 허둥댔다.

"하필이면 이 소동에 편승해 나타난 건가! 병사들을 두 조로 나눠야겠군. 나는 은발도적단을 맡겠다. 레인은 마법을 쏜 자를 찾아라."

"알았습니다. 조심하세…… 클레어 님. 그쪽은 도적단이 나타났다는 쪽과 반대 방향 아닌가요?"

"으, 으음? 방향이 헷갈렸나 보군."

시치미를 떼고 있지만 다이어트 상품에 반응한 게 틀림없다. 저러는 걸 보면 이미 다 먹어치운 것 같다.

실은 세 방향으로 흩어지고 싶은 것 같지만 일단은 두 방향으로 흩어지려는 것 같군.

하지만 물러. 나한테는 저 녀석들을 혼란에 빠뜨릴 수가 하나 더 남아있거든.

나는 술에 거나하게 취한 척 하면서 클레어와 레인을 향해 걸어갔다.

"어라~, 전에 봤던 누님들이잖아. 잘 지냈어~?"

"너는, 이름이 쓰레기였던가? 네가 이런 곳에서 뭘 하고 있는 거지? ……아니, 지금은 그런 걸 신경 쓸 때가 아니지. 주정뱅이와 노닥거릴 틈은 없다. 빨리 비켜라!"

"죄송해요! 지금 비상사태가 발생했거든요!"

짜증과 초조함을 숨기려고도 하지 않는군.

하지만 아직 판단력을 잃지 않았다. 그렇다면 좀 더 혼란스럽게 만들어줄까.

"아, 그래? 바쁜데 말을 걸어서 미안하네. 그건 그렇고, 카즈마 못 봤어?"

그 순간, 두 사람의 얼굴에서 표정과 함께 핏기가 사라지는 모습이 내 눈에 들어왔다.

"바, 방금 뭐라고 했지? 카즈마 님이 이곳에 온 것이냐?!"

"거짓말이죠?! 카즈마 님이 텔레포트 가게를 이용해 왕도에 오지 못하도록 손을 써놨단 말이에요!"

두 사람은 헐레벌떡 나에게 다가오더니 긴박한 어조로 그렇게 외쳤다.

카즈마를 거북하게 여긴다는 이야기는 들었지만 너무 효과가 끝내줘서 웃음이 날 것 같았다.

"아~, 그래서 우리와 함께 이곳에 오면서 계속 후드를 쓰고 있었던 거구나. 옷차림이 이상해서 계속 신경이 쓰였거든."

"내 생각이 짧았군. 다른 모험가들 사이에 숨어서 몰래 잠입한 건가……."

"어, 어떻게 하죠. 카즈마 님이 아이리스 님을 만나러 온 거라면, 이 소동과도 연관이 있을 가능성이……."

"그렇다면, 성의 경비 인원을 줄일 수는 없지. 하지만……!"

카즈마한테는 미안하지만 클레어와 레인은 완전히 혼란에 빠졌다.

어느 쪽을 포기할지, 아니면 병사를 세 조로 나눌지…… 그 판단을 내리는 건 쉽지 않을 것이다.

두 사람은 결론을 바로 내릴 수 없는지 이 자리에서 여러 대책을 검토하기 시작했다.

병사들은 명령이 내려져야 행동이 가능하기 때문에 안절부절못하면서 두 사람이 판단을 내릴 때까지 기다렸다.

다들 당황한 채 클레어와 레인을 주목하고 있었다.

지금이 기회다. 나는 뒷골목으로 가서 준비해둔 갑옷을 입었다. 그리고 투구 자식에게 빌린 투구도 썼다.

그 녀석의 투구가 눈에 익다고 생각했더니 그럴 만도 했다. 이것은 내가 잡화점 아저씨에게 팔았던 투구였던 것이다.

이 작전에는 이 투구가 꼭 필요했다. 그래서 투구 자식에게 하루만 빌려달라고 부탁했더니 그는 순순히 빌려줬다.

그뿐만 아니라 투구에 어울리는 갑옷까지 제공해줬다.

투구 자식이 그것들을 빌려주면서—.

"사용 후에는 씻거나 닦지 않아도 돼요! 예, 그냥 돌려주시면 됩니다!"

—라고 말한 점은 좀 신경 쓰였다.

왜 나한테 이렇게 잘해주는 건지 궁금해서 물어봤는데—.

"저는 투구로 얼굴을 가리지 않으면 이야기도 제대로 나누지 못할 만큼 낯을 심하게 가려서, 동성 친구도 없어요. 그래서 이렇게 남이 저에게 의지해주는 게 기뻐요."

아무래도 진심으로 기뻐하고 있는 것 같았다.

즉, 남자 버전 융융 같은 녀석이리라. 다음에 술이라도 사달라고 하면 흔쾌히 사줄 것 같지만 나는 왠지 이 투구 자식이 거북했다.

저 녀석은 나에게 얼굴을 보여주고 싶지 않은 건지 투구를 건네줄 때도 천으로 얼굴을 가렸다.

"뭐, 됐어. 다음에 답례 삼아 같이 술이라도 한 잔 해야지. 물론 투구 자식의 돈으로 말이야."

오랜만에 제대로 된 갑옷과 투구를 걸쳤더니 몸이 긴장되는 느낌이 들었다.

이것으로 내 모습은 완전히 감췄다.

준비는 마쳤다. 이제부터 본격적으로 단판 승부를 시작하는 것이다.

당당한 걸음걸이로 뒷골목에서 나온 나는 아직 방침을 정하지 못한 클레어에게 다가갔다.

"무슨 일입니까? 시끌시끌하군요."

"아, 사신 님 아니십니까. 소란을 일으켜 죄송합니다!"

나는 사과를 하는 클레어에게 손을 가볍게 들어 보이며 응대했다.

좋아, 눈치 못챘군. 갑옷의 디자인이 좀 다르지만 이 투구는 진짜라 속아 넘어간 것 같았다. 불을 밝혔어도 지금은 밤이다. 게다가 냉정하지 못한 심리 상태에서는 세세한 부분까지 살필 겨를이 없을 것이다.

목소리도 투구 때문에 평소와 다르게 들릴 테니까 내 정체를 들키진 않으리라.

"혹시 도울 일이 있다면 말씀하시죠. 뭐든 도와드리겠습니다."

"아뇨. 손님께 그럴 수야 없죠! 소동은 곧 정리될 테니, 방에서 편안히 쉬세요."

"사양하실 필요 없습니다. 드래곤을 이용하면 하늘에서 수색할 수도 있으니까요."

레인에게도 들키지 않았다.

나는 사과를 하는 두 사람을 향해 완벽하게 예를 표한 후 성문을 통해 안으로 침입했다.

좋아. 제1관문은 돌파했어.

성의 구조에 대해서는 메구밍에게 간단히 들었다. 하지만 세세한 곳까지 둘러보지는 않았던 것 같아서 괜히 옆길로 샐 여유는 없었다.

그저 목적지를 향해 일직선으로 향할 뿐이다.

나와 마주친 병사와 메이드는 하나같이 나를 향해 정중히 고개를 숙이고 길을 비켰다.

이럴 때 어떤 식으로 대응하면 되는지는 옛날에 철저하게 교육을 받았거든. 자연스럽게 행동하면서 빠른 걸음으로 복도를 나아간 나는 곧장 안뜰로 향했다.

그곳에는 드래곤이 몸을 동그랗게 만 채 잠을 자고 있었다.

기둥 뒤편에서 살펴보니 진짜 드래곤나이트는 이 자리에 없었다.

내가 몰래 다가가자 드래곤을 고개를 들어 나를 위협하려 했다. 그래서 투구를 벗고 그 드래곤과 시선을 마주했다.

그러자 드래곤은 고개를 숙인 뒤 눈을 감았다.

"착한 애구나. 오늘만 나 좀 도와줄래?"

드래곤은 콧김을 뿜으며 내 몸에 얼굴을 비볐다. 나는 그런 드래곤에게 올라탄 후 고삐를 쥐었다.

"자, 그럼 가볼까!"

테라스의 난간에 손을 올려둔 채 안타까운 눈길로 밤하늘을 올려다보고 있는 아이리스의 모습이 보였다.

꼬맹이들은 잠들 시간이지만 잠옷이 아니라 드레스 차림인걸.

"하아~, 회의가 길어졌네요. 아직 목욕도 안 했고요. ……정말, 최근 며칠 동안은 잡무 때문에 바빠서 성을 빠져나갈 짬도 없었어요. 액셀 마을에서 다른 분들과 놀고 싶어요……. 오라버니가 저를 성 밖으로 빼내…… 어?"

아래편에서 솟아오르듯 불쑥 나타난 나와 드래곤을 본 아이리스는 깜짝 놀라 그대로 굳어버렸다.

드래곤을 공중에서 정지시킨 나는 아이리스를 향해 손을 내밀었다.

"괜찮으시다면, 저와 함께 한밤의 산책을 하시지 않겠습니까?"

나는 옛날에 쓰던 말투를 떠올리며 상냥한 어조로 말했다.

"저기, 으음, 사신 님이시죠? 그 제안은 감사합니다만, 문제가 되지 않을까요?"

"들키면 문제가 되겠지만, 들키지 않으면 괜찮을 겁니다. 운이 좋게도 성 밖에서 소동이 일어난 바람에 병사들이 밖으로 나가더군요. 듣자하니 홍마족 두 명이 사로잡힌 단원을 구출하기 위해, 악당의 성에 쳐들어왔다던가요."

"아…… 두목님……."

난간을 움켜쥔 아이리스는 난처한 표정을 지었지만 곧 입가에 미소를 머금었다.

"그 두 사람의 전언입니다. 때로는 카즈마처럼 멋대로 굴어도 돼요, 라더군요. 자, 그럼 저와 별하늘로 여행을 떠나시지 않겠습니까?"

"좋아요!"

나는 아이리스의 손을 잡아당겨서 드래곤의 등에 태웠다.

안장의 뒤편에 앉은 아이리스가 내 허리에 팔을 둘렀다.

그리고 힘차게 날개를 펄럭인 드래곤이 단숨에 밤하늘을 향해 급상승했다.

밤이라 어두운 데다 마을이 시끌벅적해서 아무도 하늘을 올려다보고 있지 않았기에, 우리는 누구에게도 들키지 않았다.

"우와~, 엄청나요! 마을과 성이 저렇게 조그마하게 보여요!"

신이 난 듯한 아이리스를 보니 처음으로 그분을 드래곤에 태웠을 때가 생각났다.

……이 일을 알면, 그분은 화를 낼까. 아니면…….

답이 없는 질문을 계속 생각해봤자 의미가 없다. 지금은 등 뒤에 탄 공주님을 기쁘게 해주는 것만 생각하자.

게다가, 그분은—.

『너는 나의 기사니까, 앞으로는 나 혹은 진정으로 지키고 싶은 사람을 위할 때 말고는 창 대신 그 검을 써.』

—라고 말씀하셨거든. 그러니 이번 일은 괜찮겠지……. 아마도 말이야.

나는 좀 더 서비스를 해줄까 싶어서 하늘을 활공했다.

"와아아아앗, 마차나 용차보다도 빨라요!"

뒤편에서 들려오는 환한 목소리 덕분에 기분이 좋아진 나는 속도를 더욱 올렸다.

산을 넘고, 계곡을 지나, 초원을 내려다보며 한밤중의 산책을 충분히 만끽한 후 우리는 성으로 되돌아갔다.

테라스에 아이리스를 내려주자, 아직 흥분이 가시지 않은 듯한 그녀가 가슴에 손을 꼭 대고 반짝이는 눈동자로 나를 쳐다보았다.

"정말 즐거웠어요! 덕분에 고민과 스트레스도 전부 사라졌어요. 오늘은 푹 잘 수 있을 것 같아요."

"멋진 공주님께 도움이 되었다니, 기사로서 이보다 더 기쁜 일은 없을 것 같군요."

오랫동안 자리를 비우지는 않았으니 아직 아무에게도 들키지 않았다.

느끼한 대사를 입에 담을 때마다 소름이 돋았지만 오늘은 참아야겠지.

"그럼 이만…… 어이쿠, 외람되지만 한 말씀 올리겠습니다. 남에게 의지하는 건 부끄러운 일이 아니지요. 당신이 소중히 여기듯, 상대방 또한 당신을 소중히 여기고 있을 테니까요."

"의지…… 그래요. 저 혼자서 전부 짊어질 필요는 없죠. 후훗, 고마워요. 드래곤나이트 님."

누구누구 씨와 달리 꼬맹이에게 흥미는 없지만 아이리스의 미소를 보니 그녀에게 푹 빠진 클레어의 심정도 이해가 됐다.

저렇게 진심에서 우러난 미소를 짓는 걸 보면 이제 괜찮겠지.

그렇게 판단한 나는 「감사합니다~」라고 말하며 손을 흔드는 아이리스를 향해 가볍게 예를 표한 후, 발코니를 벗어나 안뜰에 드래곤을 착륙시켰다.

"오늘은 수고했어. 고마워."

내가 머리를 쓰다듬어주자 드래곤은 기분이 좋은지 눈을 가늘게 떴다.

한밤중에 무리를 하게 했으니 좀 더 노고를 치하해주고 싶었지만 클레어와 레인이 돌아오면 성가신 일이 벌어질지도 모른다.

나는 왔던 길을 통해 당당히 성 밖으로 나갔다.

경례를 하는 병사들에게 가볍게 인사를 건넨 후 뒷골목으로 가서 갑옷과 투구를 벗었다.

"자~, 그 두 사람은 무사히 도망쳤을까?"

융융에게 빌린 커다란 배낭에 벗은 갑옷과 투구를 넣고 미리 정해뒀던 집합 장소에 가보니 린이 혼자서 나를 기다리고 있었다. 그리고 나를 발견한 건지 손을 흔들었다.

"이쪽은 잘 풀렸어. 너희 쪽은 어때?"

"별문제 없어. 메구밍과 융융은 아쿠시즈 교단의 교회에 숨었으니까, 병사들도 거기에는 다가가지 않을 거야."

"마왕군도 질색하는 아쿠시즈 교단이니까 말이야. 가장 안전한 장소라고 해도 과언이 아니지."

이유는 모르겠지만 두 사람은 아쿠시즈 교단과 꽤 친분이 있는 것 같았고 자초지종을 이야기하지 않았는데도 쾌히 협력을 승낙했다.

괴짜들인 아쿠시즈 교도는, 마찬가지로 괴짜인 홍마족과 궁합이 맞는 걸까?

"무슨 짓을 했는지는 캐묻지 않겠지만, 이리스 양은 만족한 것 같아?"

"완전 대만족을 한 것 같더라고. 이제 마음이 개운해졌을 걸?"

린은 감이 좋으니까 이리스의 정체를 눈치챘더라도 이상할 게 없었다.

그리고, 내 과거에 관해서도……

앞장을 서던 린이 나를 향해 빙글 돌아선 후 몸을 웅크리더니 내 얼굴을 올려다봤다.

"언젠가 이야기해 줄 거지?"

"그래. 언젠가 말이야."

"좋아. 그럼 지금은 아무것도 안 물어볼게."

그게 뭘 가리키는지는 묻지 않았다.

오늘 일도, 내 과거도, 린에게 언젠가 밝혀야 할 날이 올

것이다.

그게 언제인지는 알 수 없지만 말이다.

커다란 저택 앞에는 눈에 익은 여자애 셋이 서 있었다.

메구밍과 아이리스와 융융인가. 비슷한 또래라 죽이 맞나 보네.

액셀 마을에 놀러 온 것을 보면 왕녀로서 해야 할 일이 일단락된 걸려나.

아무래도 말다툼 중인 메구밍과 아이리스를 융융이 말리고 있는 것 같았다.

여자들의 싸움에 고개를 들이밀면 좋을 게 없다는 것은 잘 알고 있다.

그냥 못 본 척 하면서 지나쳐야지.

"두 사람 다 그만 싸워. 메구밍은 폭렬마법을 영창하지 마! 이리스 양도 카즈마 씨에게 받은 반지를 자랑스레 보여주지 말란 말이야! 아앗, 더스트 씨! 이 두 사람 좀 말려주세요!"

젠장, 들켰나.

융융이 울상을 짓고 뛰어와서 나는 「쉿쉿」 하고 말하며 손을 내저었다.

"성가시니까 이쪽으로 오지 마. 친하니까 저렇게 싸우는 거라고. 그냥 내버려 둬."

"저 두 사람이 진짜로 싸우면 엄청난 참사가 발생한단 말이에요! 그래도 괜찮아요?!"

메구밍의 폭렬마법이 얼마나 엄청난 위력을 지녔는지는 알고 있다.

이 나라 왕족은 용사의 피를 진하게 이어받아서 엄청 강하다는 소문도 들은 적이 있다.

그런 두 사람이 진심으로 싸운다면—.

"어이, 너희 둘. 싸울 거면…… 내 단골 술집 앞에서 싸워."

"무슨 소리를 하는 거죠?!"

"그야 너희 싸움에 휘말려 술집이 박살나면, 내 외상값도 그대로 사라지잖아?"

"그걸 말이라고 하는 거예요?! 더스트 씨는 인간도 아니에요!"

나는 묘안이라고 생각했지만 고지식한 융융은 불만이 있는 것 같았다.

나와 융융의 대화를 듣고 마음이 진정된 두 사람은 전투 태세를 풀었다.

메구밍은 볼일이 있는지 그대로 다른 곳에 갔지만 아이리스는 나를 향해 걸어왔다.

그녀의 시선은 내 허리 언저리를 향하고 있었다.

"뭐야. 남자 엉덩이에 흥미라도 있어?"

"그렇지 않아요! 그 검이 좀 신경 쓰인 것뿐이에요. 저번에 제가 클레어에게 당신을 제압하라고 시켰잖아요? 그때는 정말 죄송했어요."

왕족인데도 이렇게 솔직하게 사과를 하다니 대단한걸. 보통은 자신의 잘못을 인정하지 않고 뻔뻔하게 구는데 말이다.

"진짜로 그렇게 생각한다면, 다음에 내가 카즈마와 함께 있을 때 밥이나 술을 사달라고."

"후훗. 예. 알았어요."

나는 이야기가 끝났다고 생각해서 걸음을 옮기려고 했다. 그러나 아이리스가 종종걸음으로 다가와 내 옷자락을 움켜쥐었다.

"뭐야. 아직 할 말이 남았어?"

"실은 말이죠. 일전에 드래곤나이트 님과 함께 한밤중에 산책을 한 적이 있어요. 그 후에 드래곤나이트 님에게 감사하다는 인사를 하러 갔는데, 자기는 모르는 일이라지 뭐예요. 지금 생각해보니 체격도 좀 달랐던 것 같아요."

그 후에 고맙다는 인사를 하러 갔던 건가.

……실수했다. 이 녀석의 성격이라면 그러고도 남는다.

"드래곤나이트? 무슨 소리야?"

"아, 별일 아니에요. 이건 저의 혼잣말이죠. 혹시 당신이 그 드래곤나이트 님을 만나게 된다면, 이렇게 전해주세요.

「멋진 밤을 선물해줘서 감사해요, 불가사의한 드래곤나이트 님」이라고 말이에요."

나는 뒤돌아선 채 손을 흔든 후 아무 말 없이 그 자리를 벗어났다.

부정도, 긍정도 할 필요 없다. 아이리스의 마음속에서 그 일이 좋은 추억으로 남는다면 말이다.

■ 작가 후기

놀랍게도 3권이 나오고 말았습니다.

이번 이야기는 베르제르그 왕국의 제1왕녀인 아이리스와 더스트가 중심입니다.

아이리스와 더스트는 아카츠키 선생님이 쓰신 외전(속 이 멋진 세계에 폭염을!)에서 접점이 생겼으니, 언젠가 출연시키고 싶다는 생각을 했습니다. 그리고 만반의 준비 끝에 등장시켰죠!

이멋세 인기 캐릭터 중 한 명인만큼 어떻게 다루면 좋을 지 고민이 됐습니다만, 아이리스의 매력을 조금은 살렸다고 자부합니다. ……자부해도 괜찮겠죠?

아이리스에게도 주목해줬으면 좋겠습니다만, 그것 말고 더스트의 과거도 조금은 다루고 있으니 그 부분에도 주목 해주시면 감사하겠습니다. 여러분이 가지고 있는 더스트의 이미지와는 조금 다르지 않을까요.

그 외에 아이리스의 호위와 교육 담당을 겸임하고 있는 클레어와 레인도 출연했습니다. 본편에서는 카즈마에게 휘 둘리기만 하던 그 두 사람이, 외전에서는 어떤 이유로 더스 트와 함께 모험을 하게 되면서 이런저런 일이 벌어집니다.

그것 말고도 이멋세 본편 1권에서 등장했던 뜻밖의 캐릭터가 나오니까, 후기부터 읽으시는 분들께서는 누구일지 예상을 하며 본편을 읽어 주시면 재미있을 것 같네요.

이 작품에서 중요시하는 점은 메인 캐릭터인 카즈마 일행 이외의 캐릭터들에게 초점을 맞추는 겁니다. 각권에서 메인 캐릭터 이외의 인물이 한 명씩 꼭 등장하죠. 이 점은 앞으로도 계속 지켜나가고 싶습니다.

더스트는 좀 더 쓰레기 같이 굴리면서도, 한편으로는 멋진 모습도 보여주고 싶다고 할까요……. 이 균형을 잡는 게 어렵습니다.

앞에서도 말했습니다만 이번 권에서는 1권과 2권에서 암시했던 더스트의 과거가 어렴풋이 드러납니다. 이 부분도 고대해주시길 바랍니다.

자, 좀 성급할지도 모르지만 다음 권에 대해 이야기할까 합니다.

실은 다음 권은 특별판으로 구성되고, 소문에 따르면 오디오 드라마CD가 첨부된다고 합니다. 그리고 그 대본을 히루쿠마란 작가가 한창 집필하고 있다는데…….

아직 쓰고 있는 단계이기 때문에 더 자세한 이야기는 해드릴 수 없습니다만, 많은 기대 부탁드립니다. 최선을 다하겠습니다.

이 작품과 관련이 없는 이야기지만 지인의 아이가 1권의 표지를 보더니 「아저씨, 이 그림을 그린 거야? 진짜 잘 그리네!」라고 말하더군요. 그래서 「이 아저씨는 그림은 그리지 않았단다」라고 알려주니 실망하더군요. 유우키 하구레 선생님, 항상 멋진 그림을 제공해 주셔서 감사합니다!

그럼 여러분에게 감사 인사를 드릴까 합니다.

아카츠키 나츠메 선생님. 이번에도 제멋대로 글을 썼습니다! 쓰면서 실감했습니다만, 아이리스는 정말 사랑스러운 여동생 캐릭터이고 이런저런 행동을 시키는 것 자체가 즐거웠습니다. 앞으로도 잘 부탁드립니다!

미시마 쿠로네 선생님. 아이리스, 클레어, 레인의 그림을 이번에 차분히 감상했는데 레인이 참 좋았습니다……. 이번에도 집필을 하며 엄청 참고했습니다!

스니커 문고 편집부 여러분, 담당 편집자이신 M 씨, 이번 작품에 관여하신 모든 분들에게 감사드립니다. 정말 고맙습니다.

그리고 이 책을 읽어주신 독자 여러분. 이 책을 읽으시며 피식 웃어주셨다면 작가로서 만족합니다. 다음 권에서 또 뵐 수 있기를 진심으로 빕니다.

히루쿠마

아이리스는 너무 귀여워요…!
다양한 의미에서
클레어 씨의 장래가
걱정됩니다.

유우키 하구레

「어리석은 자」, 3권 발매 축하드립니다!
코미컬라이즈가 시작된 것 또한
진심으로 축하드립니다!
본편과 마찬가지로 앞으로도 잘 부탁드립니다!

아카츠키 나츠메

3권 발매 축하드립니다~!!
매번 하구레 선생님의 일러스트를 보며 눈보신을 합니다….
컬러로 린과 클레어를 볼 수 있는 게
개인적으로 정말 감동입니다…!

미시마 쿠로네

안녕하십니까. 근로청년 번역가 이승원입니다.

『저 어리석은 자에게도 각광을!』3권을 구매해주셔서 진심으로 감사드립니다.

2019년 새해가 밝았습니다! 독자 여러분, 새해 복 많이 받으십시오!

저는 요즘 라면 대신 집에서 간단히 식사를 할 방법이 없나 고심하다, 동네 곰탕집에서 곰탕을 사다 먹는 것에 빠졌습니다. 대자로 1인분 사면 건더기와 국물을 넉넉하게 주는데, 어머니와 둘이서 몇 끼를 먹고도 남을 양이죠. 그래서 일단 집에 있는 당면 좀 넣고 곰탕으로 저녁을 먹고, 버섯이나 떡사리 혹은 우동을 넣어서 다음 날 아침을 해결, 그리고 남은 국물에 찬밥을 넣은 뒤 죽처럼 끓여서 점심을 해결합니다. 저녁에는 죽을 만들 때 미리 덜어놓은 국물에 밥과 김, 김치를 넣고 볶음밥까지……! 라면 먹는 횟수 줄이자 & 귀차니즘의 결과물이 이런 괴물(^^)을 탄생시켰습니다…….

30대가 된 모 마법소녀의 평범한 일상을 다룬 만화에 나온 일을 제가 똑같이 하고 있군요. ……왜, 왠지 슬픕니다.ㅠㅜ

그럼 본편에 관한 이야기를 해볼까 합니다.

스포일러가 포함되어 있을 수도 있으니 본편을 읽지 않으신 분들은 유의해주시길!

이번 권은 더스트와 아이리스를 중심으로 이야기가 펼쳐집니다. 풋내기 모험가의 마을 액셀에서 문제아 모험가로 살아가고 있는 더스트, 그리고 왕도에서 나라를 지키기 위해 헌신하고 있는 갸륵한 공주님 아이리스. 두 사람 사이의 접점은 속 폭염과 가면 악마 등의 스핀오프 소설에서 가볍게 다뤄졌습니다.

그리고 이번 권에서는 그 두 사람을 중심으로 이야기가 전개되죠. 이웃 나라의 공주를 위해 모든 것을 포기한 드래곤나이트를 동경하는 아이리스와, 자신의 기억 속에 존재하는 그분과 아이리스를 겹쳐보며 이미 버린 과거가 되살아나는 것을 느끼고 있는 더스트. 그리고 그들을 둘러싼 이들이 펼쳐가는 이야기는 아이리스의 속마음과 더스트의 과거를 은연중에 드러냅니다. 그리고 훈훈한 결말로 이어지죠.

독자 여러분께서도 평소와 다른 모습을 보이는 저 두 사람의 매력을 즐겨주시길 빕니다!

그럼 이만 줄이겠습니다.

『이멋세』의 스핀오프를 저에게 맡겨주신 L노벨 편집부 여러분. 감사합니다. 앞으로도 잘 부탁드립니다.

 신발 사러 가자고 꼬드겨서 아예 행군(^^)을 시킨 악우여. 덕분에 어마어마하게 발품을 팔았지만 좋은 신발을 사기는 했거든? 그런데 발에 물집이 생겨서 며칠 고생했다고…….

 마지막으로 언제나 제게 버팀목이 되어주시는 어머니와『저 어리석은 자에게도 각광을!』을 읽어주신 모든 분들에게 진심으로 감사드립니다.

 로리 서큐버스의 비키니(?)를 컬러로 즐길 수 있는『저 어리석은 자에게도 각광을!』4권의 역자 후기 코너에서 다시 뵙겠습니다!

2019년 1월 초
역자 이승원 올림

저 어리석은 자에게도 각광을! 3
꿈 많은 공주님에게 별하늘을

초판 1쇄 발행 2019년 2월 10일
1판 2쇄 발행 2019년 4월 12일

지은이_ Hirukuma
일러스트_ Hagure Yuuki
원작_ Natsume Akatsuki
캐릭터원안_ Kurone Mishima
옮긴이_ 이승원

발행인_ 신현호
편집국장_ 김은주
편집진행_ 최은진 · 김기준 · 김승신 · 원현선 · 권세라
편집디자인_ 양우연
국제업무_ 정아라
관리 · 영업_ 김민원 · 조인희

펴낸곳_ (주)디앤씨미디어
등록_ 2002년 4월 25일 제20-260호
주소_ 서울시 구로구 디지털로 26길 111 JnK디지털타워 503호
전화_ 02-333-2513(대표)
팩시밀리_ 02-333-2514
이메일_ lnovelpiya@naver.com
L노벨 공식 카페_ http://cafe.naver.com/lnovel11

KONOSUBARASHI SEKAI NI SHUKUFUKU WO! EXTRA ANO OROKAMONO NIMO
KYAKKO WO! Vol.3 YUME MIRU HIME NI HOSHIZORA WO
©2018 Hirukuma, Hagure Yuuki, Natsume Akatsuki, Kurone Mishima
First published in Japan in 2018 by KADOKAWA CORPORATION, Tokyo.
Korean translation rights arranged with KADOKAWA CORPORATION, Tokyo.

ISBN 979-11-278-4874-3 04830
ISBN 979-11-278-4526-1 (세트)

값 7,000원

일반공격이 전체공격에 2회 공격인 엄마는 좋아하세요? 1~4권

이나카 다치마 지음 | 이이다 포치. 일러스트 | 이승원 옮김

"이제부터 이 엄마와 함께 실컷 모험을 하는 거야.", "맙소사……."
고교생 오오스키 마사토는 그렇게 염원하던 게임세계로 전송되지만,
어찌된 영문인지 그의 어머니이자
아들이라면 껌뻑 죽는 마마코도 따라오는데?!
길드에서는 「아들의 연인이 될지도 모르는 애들이니까」라는 이유로
마사토가 고른 동료들에게 면접을 실시하고,
어두운 동굴에서는 반짝반짝 빛나는데다,
무릎베개로 몬스터를 재우는 걸로 모자라,
전체공격에 2회 공격인 성검으로 무쌍을 찍는 등
아들인 마사토가 질릴 정도로 대활약을 하는데?!
현자인데도 유감스런 미소녀 와이즈,
치유계 여행 상인인 포타를 동료로 맞이한 그들이 구하려는 것은
위기에 처한 세계가 아니라 부모자식간의 정.

**제29회 판타지아 대상 〈대상〉 수상작인
신감각 모친 동반 모험 코미디!**

©Kotobuki Yasukiyo 2017
Illustration : JohnDee
KADOKAWA CORPORATION

아라포 현자의 이세계 생활 일기 1~4권

코토부키 야스키요 지음 | JohnDee 일러스트 | 김장준 옮김

정리해고 당한 후, 매일 밭을 돌보며 『제로스 멀린』으로서
게임에 빠져 살던 백수 아저씨, 오사코 사토시(40세).
오리지널 마법을 만들어 명실상부 톱 플레이어가 된 그는
최종 보스를 무난하게 공략하지만
로그인 중 발생한 어떤 사고로 생을 마감한다.
그는 홀로 죽었다고 생각했지만,
정신을 차리고 보니 거대한 산림 지대의 한가운데 서 있었다.
이세계 여신의 말에 따르면 그는 게임 속 능력을 이어받아 전생했다고 한다.
대산림 지대에서 서바이벌을 거치고 전(前) 공작 노인과 만난 제로스는
현자로서 능력을 인정받아 마법을 쓰지 못하는 소녀의
가정교사 일을 의뢰받는데—?!
"나는 평온한 일상이 인생의 모토인데……."

마흔 살 현자의 이세계 생활 일기 개시!

라이트노벨의 새로운 빛! L노벨의 신간은 매월 10일에 발매됩니다. http://cafe.naver.com/lnovel11